Δ - Granit

© by Dreieck-Verlag
1. Auflage 1996
Verlag J. Neumann
Nerotalstr. 38
55124 Mainz
Tel./FAX 06131/467115

Alle Rechte beim Autor
Titelzeichnung: Matthias Beckmann

ISBN 3-930559-26-9

Heinrich Grewents Arbeit und Liebe

Erzählung

Christoph Peters

Für Frieda

mit herzlichem Dank für Deinen unermüdlichen Einsatz bei der Verkaufsförderung

Flughafen Frankfurt im Dezember '96

Dein Christoph Peters

1. Ein Idyll

Die Straßenbahn der Linie neun stand in ihrem grellen Orange am zweiten Haltestellenschild der Endstation. Auch die Anzeige des Fahrtziels oberhalb der Frontscheibe hatte schon gewechselt, daran für jedermann erkennbar zählte die nächste Fahrt und gehörte die vorige ausdrücklich der Vergangenheit an. Es war kurz vor acht, der Fahrer las Zeitung, ohnehin rechnete er nicht mit vielen Fahrgästen, denn um diese Uhrzeit drängten wohl alle zur Arbeit ins Industriegebiet, aber kaum jemand hatte Grund, jetzt von hier weg in die Innenstadt zu fahren, wie auch, da außer dem ein oder anderen Nachtwächter kein Mensch hier wohnte.

Wie oftmals nach klaren, beinahe schon frostigen Nächten zog sich, obwohl der erste Morgen noch einen lichten Oktobertag angekündigt hatte, gerade kräftige Bewölkung zusammen, die zwar einstweilen der Sonne von Osten her noch Löcher ließ, so daß rasch wechselnd bald hier eine Baumgruppe, ein Abschnitt des träge dahinfließenden Rheins, bald dort eine Fertigungshalle aus Wellblech schlagartig in dies Licht getaucht wurde, das dem Monat das Attribut ˋgolden´ eingetragen hatte, aber eben vor dem Hintergrund einer mittlerweile entschieden grauen Wolkendecke, die unmißverständlich anzeigte, daß in Kürze mindestens mit einem Schauer zu rechnen sei und darüber hinaus demnächst kalter satter Landregen einsetzen werde, um den ganzen Tag über anzudauern und erst gegen Abend wieder einem ähnlich aufgerissenen Himmel zu weichen. In der Luft hing ein stechender Geruch vermutlich von der benachbarten Chemiefabrik her, dem sich zeitweilig, wenn der schwächliche Wind etwas drehte, Schwaden der auf der anderen Seite des stillgelegten Industriehafens angesiedelten Kaffeerösterei unterschoben, und sie bildeten zusammen ein so bestimmendes Gemisch, daß der Rhein seinen andernorts beherrschenden Flußgeruch aufgegeben zu haben schien. Von der Haltestelle aus lief die Straße an dem aus zahlreichen Rohren, Kesseln und Schornsteinen lautstark dampfenden Heizkraftwerk vorbei geradewegs auf das alle anderen Gebäude überragende Lagerhaus der Firma Prosan Hygienepapiere AG zu, teilte sich unmittelbar vor der Werkseinfahrt und führte so zwischen Umzäunung und Wasser um das beträchtliche, dabei eher locker bebaute Firmengelände herum. Vor der Verladerampe am linken Teil des Bürotraktes, der auch den Eingang zum Lager bildete, stieg eben ein stämmiger, schnauzbärtiger Mann aus seinem Lastzug, nahm die Treppe in zwei beherzt anmutenden Sätzen, um sich in der Verwaltung ordnungsgemäß seine Lieferscheine abzeichnen zu lassen und ein paar Worte mit dem Lagerangestellten zu wechseln, bevor er mit dem Entladen seines Wagens anfing.

Im vierten und damit obersten Geschoß des Bürotrakts saß Heinrich Grewent an seinem Schreibtisch. Da er einen Eckraum nutzte, konnte er durch ein Fenster auf den Rhein und durch das andere in Richtung der Straßenbahnhaltestelle schauen, wo sich der Fahrer von der durch ein neuerliches Wolkenloch brechenden Sonne derart geblendet sah, daß er seine Zeitungslektüre

unterbrach und ausstieg, um vor der Fahrt noch eine Zigarette zu rauchen.
Für Grewent war es der Moment zwischen dem Abschluß der Arbeitsvorbereitungen und dem Beginn der Arbeit selbst. Er hatte die neuen Unterlagen vor sich ausgebreitet. Sie betrafen die Entwicklung eines speziellen Wandhalters für die Kunststoffdosen des feuchten Toilettenpapiers, das Prosan vor anderthalb Jahren erfunden hatte. Er selbst hatte das Projekt angeregt, und daraufhin waren von diversen Markt- und Meinungsforschungsinstituten Umfragen und Analysen erstellt worden, die Kostenrechnungsabteilung des Hauses hatte bereits verschiedene Investitionskonzepte kalkuliert. Grewent wollte sich heute einen ersten Gesamtüberblick verschaffen. Gewöhnlich erhielt er zudem zweimal am Tag neue Unterlagen über die Hauspost, und dringend benötigte Informationen holte seine Sekretärin, Frau Saibling, persönlich für ihn, wenn die zuständige Abteilung ihm zuvor in einem kurzen Telephonat zugesichert hatte, sie umgehend herauszusuchen. Von anderen Sekretärinnen beigebrachte Akten schließlich empfing Frau Saibling an seiner statt, damit er nicht häufiger als nötig durch fremde Gesichter gestört wurde.
Er würde die Blätter unter diversen ökonomischen Fragestellungen durcharbeiten - zunächst natürlich feststellen, welche Gesetze in diesem speziellen Fall überhaupt von Wichtigkeit sein könnten, dies geklärt dann, welche Konsequenzen daraus hinsichtlich des anstehenden Projekts in verschiedenen Szenarios gezogen werden müßten, angefangen bei einer optimalen, reibungslos verlaufenden, über eine nachteilige, bis hin

zu einer völlig außer Kontrolle geratenen Entwicklung, erstens des Projekts selbst, zweitens des Unternehmens, drittens bestimmter Zulieferbetriebe und viertens der Gesamtkonjunktur sowie der wichtigsten Währungen. Er müßte Prognosen wagen, welche Entwicklung in den genannten Bereichen zu erwarten sei, und Stützungsmaßnahmen vorschlagen, mit denen von seiten des Unternehmens auf Unerwartetes reagiert werden könnte. Heinrich Grewent würde also die Unterlagen bearbeiten, indem er anhand solcher Erwägungen einzelne Worte, ganze Sätze, hin und wieder auch zusammenhängende Abschnitte mit seinem breiten gelben Filzschreiber, hervorhob, oder indem er statt des Markers den Kugelschreiber nahm und mit diesem Bemerkungen, die er während des Stiftwechsels lautlos, nur an der Bewegung der Lippen erkennbar vor sich hersprechend formuliert hatte, an den Rand oder zwischen die Zeilen schrieb. Sobald er auf diese Weise einen größeren Teilbereich durchgesehen hätte, würde er seinerseits aus den bearbeiteten Unterlagen neue Unterlagen herstellen.

Dazu war es notwendig, die entsprechenden Papiere in ihrer Gesamtheit erneut vorzunehmen, sie der Übersicht wegen in Gruppen, Blöcke oder Reihen zu ordnen, dickere Stapel in Unterstapel aufzuteilen, einzelne Blätter, die für den Vorgang zentrale Informationen enthielten, mußten aussortiert und gesondert gelegt werden. Wenn dabei, was häufiger vorkam, der Platz auf dem Schreibtisch nicht reichte, wich er auf den mit grauen Teppichfliesen beklebten Fußboden aus - allein deshalb war es gut, daß Frau Saibling unangemeldete Besucher abfing -, wo er mit Lineal und farbigen Stiften zwischen den Blättern kniete oder kroch. Da wurden Abschnitte umrahmt, eingekreist, in Kästen gezwängt, damit er sie später mit Hilfe unterschiedlicher Pfeilarten rauf und runter und quer, auch über Blattgrenzen hinweg verschieben konnte. Oder er legte vermittels mehrerer einander über- und untergeordneter Numerierungssysteme Reihenfolgen fest, bis die Struktur der künftigen Unterlagen seinen Vorstellungen entsprach. Ließ sich wegen der Fülle des Materials auf diesem Wege keine Ordnung herstellen, nahm er seine kleine scharfe Schere aus dem Stifthalter. Im Schneiden hatte er durch die Übung eine gewisse Meisterschaft erlangt, und jedesmal erfüllte es ihn mit kindlichem Stolz, wenn er gerade bei sehr engen Zeilenabständen die Schnitte sicher durchgeführt hatte, ohne den kleinen g´s, j´s, p´s, q´s und y´s ihre unter die Grundlinie reichenden Glieder abzutrennen. Über diese Schnipsel konnte er nach seinem Gutdünken verfügen. Auch wenn sich die Wörter, die Sätze, Zeilen und Abschnitte noch so hartnäckig gegen seine Numerierungsversuche gewehrt hatten, sich entschieden gegen ihre Festsetzung in Kästen gestemmt und mit allen Mitteln dem Befehl der Pfeile verweigert hatten, jetzt mußten sie ihm zu Willen sein.

Waren endlich alle Vorbereitungen für die neuen, für seine Unterlagen abgeschlossen, holte Heinrich Grewent das Diktiergerät aus der Schublade. Dabei murmelte er etwas wie `Die Zeit der Debatten ist um, Freunde!´ und machte eine wegwerfende Handbewegung in Richtung der auf dem Boden verteilten Blätter.

Das Diktieren war ihm die liebste Tätigkeit. Zunächst

natürlich, weil in diesem Augenblick alle vorausgegangenen Mühen vergessen waren: Die bitteren Niederlagen, wenn sich eine Konzeption, über der er tagelang gebrütet hatte, auf einmal doch als unpraktikabel erwies, die Angst zu scheitern und der kalte Schweiß auf der Stirn bei dem Gedanken, Dr. Kronberg, seinem Vorstand, gegenübertreten zu müssen mit dem Bekenntnis, `Ich bin der Sache nicht gewachsen´. Der Nacht für Nacht wiederkehrende Alptraum, morgens ins Büro zu kommen, und alle Blätter lägen als ein akurater Stapel auf seinem Schreibtisch, daneben stünde die Putzfrau, gewiß, ihm gefällig gewesen zu sein, und über ihr ganzes rosiges Gesicht strahlend: `Herr Grewent, ich habe ein bißchen aufgeräumt.´ Das alles lag hinter ihm, wenn er im Schneidersitz mit dem Diktiergerät in der Hand zwischen den wohlgeordneten Papieren saß.
Aber auch das Diktieren selbst bereitete ihm Wohlbehagen. Jedes Wort artikulierte er mit Respekt und berücksichtigte dabei seinen Zusammenhang zum vorigen und folgenden. Es gab nachvollziehbare Gründe, deretwegen es gerade dort stand, und Heinrich Grewent hätte sie nennen können. Er las langsam und gleichmäßig und betonte die einzelnen Phrasen so, daß Frau Saibling allein anhand der Hebungen und Senkungen seiner Stimme in der Lage gewesen wäre, die Satzzeichen zu setzen, gleichwohl sagte er ausdrücklich `Komma´, `Punkt´ und `Ausrufezeichen´, schon damit überflüssige Rückfragen unterblieben. Manchmal schlug er während des Sprechens mit der flachen Hand einen gleichförmigen Rhythmus, der über besonders wichtigen Passagen auch zum Rhythmus der Worte werden konnte, auf den

Teppich, und wenn er ´Punkt´ sagte, richtete sein Oberkörper sich ruckartig auf, für einen Moment verharrte der Zeigefinger als Befehl im Raum.

Grewent schaute auf die Uhr, es war zehn nach acht, im Nebenraum klapperte die Schreibmaschine. Er hatte, als er mit seiner jetzigen Position auch Jutta Saibling als Sekretärin übernahm, sie gleich gebeten, wie er selbst pünktlich mit der Arbeit zu beginnen, obwohl es den Tatbestand der Unpünktlichkeit, seit der Einführung sogenannter flexibler Arbeitszeiten eigentlich nicht mehr gab. Grewent begann dennoch selbstverständlich immer um Punkt acht Uhr, und er blickte mit Skepsis, in die auch Verachtung gemischt war, auf Kollegen, die offenkundig Schwierigkeiten mit dem Aufstehen hatten und deshalb erst gegen neun Uhr dreißig stachen - kurz bevor die Flexibilität an ihre Grenzen stieß. Frau Saibling war seinem Wunsch nicht nur widerspruchslos nachgekommen, sondern sie hatte sich im Verlauf ihrer Zusammenarbeit seiner Beurteilung der Frage angeschlossen, so daß sie ihn, wenn er im Winter frühmorgens durch ihr Büro ging, oft mit den Worten begrüßte: ´Wir beide, Herr Grewent, sind wieder einmal die einzigen, die vor Sonnenaufgang schon an Arbeit denken.´ Und Grewent entgegnete: ´Das wird sich noch rächen, Frau Saibling, langfristig rächt sich das, glauben Sie mir.´ oder ´Was denken Sie denn, weshalb uns die Japaner längst den Rang abgelaufen haben, Frau Saibling.´

Sie hatte also bereits die Kopfhörer auf und schrieb. Er sprach mit ihr. Sie entgegnete nichts, sie fiel ihm nicht ins Wort. Schweigend übersetzte sie sein Sprechen in

Anschläge, und sein Sprechtempo war derart auf ihre Anschlagsfrequenz abgestimmt, daß sie fast nie unterbrechen mußte, um das Tonband zurückzuspulen und einen Satz, den er zu hastig gesprochen hätte, noch einmal zu hören.

Er mochte Frau Saibling, sie war eine tüchtige Kraft. Tüchtig, zuverlässig und sogar ein wenig fürsorglich. Sie achtete zum Beispiel streng darauf, daß er zumindest einen Teil der ihm zustehenden Pausen auch wahrnahm. In etwa einer Stunde würde sie klopfen, höflich seine Antwort abwarten und daraufhin beinahe geräuschlos eintreten, um zu fragen, ob er Kaffee wünsche - sie fragte jeden Tag, obwohl er jeden Tag Kaffee trank. Und er würde antworten: `Gerne, Frau Saibling, mit anderthalb Löffel Zucker bitte und ...´- `...und ohne Milch, das weiß ich doch ‚Herr Grewent.´ Dabei würde sie nachsichtig lächeln, um nicht zu sagen zärtlich - mütterlich zärtlich.

Ähnlich lächelte jetzt auch Grewent, denn sein Blick fiel auf die Schere, wie sie kopfüber in der höchsten Röhre des Stifthalters baumelte und dabei zweimal mit knappem, sauberem Ton an deren Innenwand schlug, weil er wieder einmal mit einer Rolle seines Stuhls gegen das Tischbein gestoßen war. Bei dem Geräusch lächelte er, wie man beim Gedanken an eine Schwierigkeit, die vor langer Zeit ganz unüberwindlich erschienen war, die man aber gemeinsam doch in den Griff bekommen hatte, lächelt und leicht den Kopf schüttelt, und er nickte der Schere kurz zu.

Grewent sah noch einmal aus dem Fenster. Tatsächlich regnete es inzwischen, das störte ihn aber nicht weiter.

Gerda, so hieß seine Frau, Gerda hatte ihn, bevor er aus dem Haus gegangen war, auf den gestrigen Wetterbericht aufmerksam gemacht (`Tagsüber besonders in den Flußniederungen zum Teil länger anhaltender Regen´) und er daraufhin die festen Schuhe angezogen und den Schirm eingepackt, da konnte es ruhig regnen. Gerda war Grundschullehrerin, und heute begannen ihre Herbstferien.

2. Alle Wetter

Aus Nordosten herangetrieben traf der nach zögerndem Vorgeplänkel jetzt enthemmt herausplatzende Regen die hochgeschossene Lagerhalle, von der ein weitreichender Regenschatten auf den Bürobau fiel, und auch gegen Heinrich Grewents nach Süden und Westen gerichtete Fenster prasselten keine Tropfen. Vielmehr stach von der Kante des Flachdachs ein trockener Keil scharf ab, ein beinahe exakt geschnittener regenfreier Winkel, in den hinein Heinrich nur vereinzelt feine Partikel von an der Dachkante selbst zerstobenen Tropfen sprühen sah, während die Masse auf dem Weg zum Boden ihre ursprünglich entschiedene Schrägrichtung einbüßte und fast senkrecht, jedoch mit anderthalb Metern Abstand zum Haus einschlug. Die ersten hatten dabei in dem vor die Teerwülste zwischen den Betonplatten gewehten Flußsand kleine Krater aufgeworfen, die aber wegen der Schwere und rasch steigenden Zahl der Tropfen längst wieder zerflossen waren, der Weg stand schon ganz unter Wasser, und der Sand verteilte sich gleichmäßig.
Er hätte jetzt mit der Arbeit beginnen können, alles war gerichtet, Frau Saibling schrieb nebenan und zu trödeln war gewiß nicht seine Art. Er saß gut, er war wach, sehr wach sogar, und normalerweise hätte er sich mit Eifer in die neuen Unterlagen vertieft. Unbekannte Unterlagen zu neuen Projekten erregten ihn für gewöhnlich stark, und der Wandhalter trieb ihn seit Wochen um, heute jedoch erschienen Heinrich die Papierberge auf seinem Schreibtisch bloß als ein lebloser Aktenwust bar jeden

Reizes. Er meinte auch ein unbestimmtes Ziehen in der Magengegend zu spüren - oder zog es vom Rücken her? - Mehrmals hintereinander drückte er sich kräftig die Daumen in den Bauch, dann in die Muskelstränge längs der Wirbelsäule, beides schmerzte vage, vermutlich hatte er zu stark gedrückt, möglicherweise war er verspannt.
Unvermittelt stand er auf, trat an das Westfenster und preßte sein von der frühmorgendlichen Rasur noch leicht gerötetes Gesicht gegen das angenehm kühle Glas, drehte den Kopf bis zu einem heiß stechenden Krampf in den Nacken und das nur, weil er die Tropfenexplosion an der Dachkante genauer anschauen wollte. Allerdings war auch so nicht wesentlich mehr zu erkennen als vom Tisch aus. Er öffnete das Fenster, um sich hinauslehnen zu können, rücklings und gefährlich weit. Jetzt erst sah er die Tropfen im Augenblick des Einschlags: Es waren wenige, ganz vereinzelt, und sie gebärdeten sich, als hätten sie niemals zur Menge gehört, als entstammten sie einer anderen Wolke, einer höheren am Rande der Atmosphäre, wo die Luft dünn ist. Mit dem Regen schienen sie nichts gemein zu haben, jeder barst für sich allein, wurde zerstoßen, gewaltsam aus seinem Leib gezerrt und in den Raum geschleudert, als hätte es ihn nur gegeben für diesen Moment. Grewent fand sie aber auch eitel und selbstverliebt, wie sie ihre Katastrophe öffentlich ausstellten.
Gerda wäre sehr ärgerlich gewesen, wenn sie ihn gesehen hätte, `Du kannst dir den Tod holen, dünn wie du angezogen bist - wo hast du eigentlich deine Gedanken! - Und weißt du, wie tief das ist?´ - Er bemerkte jetzt, daß er im Zug stand, und schloß das Fenster. - Überhaupt war

Gerda in letzter Zeit oft merkwürdig gereizt. Am Wochenende hatte sie nur das nötigste mit ihm gesprochen, war seinen bittenden Augen hartnäckig ausgewichen - und auch sonst nichts.
Abwesend und leicht klamm lehnte Heinrich Grewent an der kalten Scheibe und kaute den Nagel seines Zeigefingers. Sein Blick irrte im Raum umher, ohne etwas festzumachen, er schweifte fühllos über die Aktenstapel, die ihn doch riefen, er glitt ohne aufzuhorchen, ohne hängenzubleiben über die Halogenleuchte, den Stifthalter, das Telephon, über die an der ganz falschen Stelle der Wand plazierten Schiffe von Monet, und wie sie selbstvergessen in der Nachmittagssonne schaukelten, über Steckdosen, das Kopiergerät und den Firmenkalender mit dem Photo aus der Anzeigenserie für `Prosan feucht classic´: ein sauber über bemooste Steine sprudelnder Gebirgsbach, darin halb umspült die hellblaue Kunststoffdose, aus der sich seidig schimmernd ein Blatt herauswand. Er sah zwar, daß der kleine rote Plastikrahmen, mit dem man das Datum markierte, noch bei Samstag, dem achtzehnten, klemmte, aber es fiel ihm nicht ein, ihn an seinen heutigen Platz zu rücken.
Freitagabend war er spät zuhause gewesen, sie hatten fernsehen wollen, eine amerikanische Komödie mit Cary Grant oder Rock Hudson und einer blonden Frau, Gerda mochte diese Filme gern, aber er konnte sich vor Müdigkeit kaum konzentrieren, nach zwölf Stunden Arbeit hielt er die Augen verständlicherweise nur mühsam auf - er tat das ja auch für sie -, und ständig sackte der Kopf ihm zur Seite, `Hör auf zu schnarchen, Heinz.´ - Er war dann schon ins Bett gegangen.

Ob Gerda den Film noch zu Ende gesehen hatte? Jedenfalls wußte er nicht, wann sie ins Schlafzimmer gekommen war, wenn sie nicht auf dem Sofa geschlafen hatte, was sie manchmal tat, obwohl er es für schädlich hielt.
Sein Rücken schmerzte, eindeutig der Rücken, wohl wegen der Kälte und von der Verrenkung vorhin. Aber es konnte auch etwas Ernstes sein, der Rücken war seine Schwachstelle, erblich bedingt, vielleicht sollte er doch zum Arzt gehen. Sein Vater hatte vor kurzem einen Bandscheibenvorfall gehabt, seitdem waren seine Füße taub und jedes Bücken Quälerei. Auf alle Fälle müßte er Sport machen, um das ständige Sitzen auszugleichen, wenigstens am Wochenende, oder morgens nach dem Aufstehen zehn Minuten Gymnastik.
Geweckt hatte ihn ein ratternder Knall, mit dem auf einen Schlag grelles Licht im Zimmer stand, als hätte es mitten in der schwärzesten Nacht einen nicht enden wollenden Blitz getan, gleißend und unbarmherzig andauernd, nachdem selbst das Echo des Donners schon in sich zusammengefallen war. Und mitten hinein in diese lautlose Helligkeit traf ihn Gerdas Stimme `Heinrich, steh jetzt auf, oder willst du den ganzen Tag verschlafen!´ - Sie hatte mit einem einzigen Ruck die Rolläden hochgerissen, obwohl der Wecker doch erst zwanzig nach acht zeigte, in spätestens einer halben Stunde wäre er von selbst aufgewacht.
Da sie das Bad nacheinander benutzten, verblieben ihm immerhin einige Minuten, sich an den Tag zu gewöhnen. Er zog die Beine gegen den Bauch, sah seine scharf in Bügelfalten gelegte Hose knitterfrei an der verspiegelten

Schranktür hängen und im Spiegel deren Rückseite ebenso makellos, die aufgespannten Schuhe neben dem Bett und die etwas unachtsam über die Stuhllehne gefallene Jacke. Nebenan plätscherte das Wasser wohltuend bekannt in die Dusche, und er hatte sich vorgestellt, wie es an Gerda heruntertroff, wie sie sich mit spitzen Fingern das Shampoo ins Haar massierte, den Kopf zurückwarf, um den Schaum auszuspülen, wie sie ein wenig fröstelnd auf dem dicken weichen Frotteevorleger stand und sich mit einem vom häufigen Waschen rauh gewordenen Handtuch viel zu unsanft trockenrieb: Gerda, seine Frau, war schön in dem Morgenlicht. Er hatte Glück gehabt.

Vermutlich war ihm ihr Ton auch nur im Schrecken über den Knall und die plötzliche Helligkeit so schroff erschienen, Gerda hatte ihn wahrscheinlich gar nicht gemeint oder vielleicht doch auf der Couch geschlafen und sich schmerzhaft den Hals verdreht, oder ein Alp war über sie hergefallen, ein Angsttraum, in dem tausende von Maden mit hornigen Schalen raschelnd um sie herumwimmelten, in sie hineinkrochen, in ihren Unterleib, sie von innen auffraßen, vielleicht hatte sie sterben müssen: Heinrich kannte diese Träume und wußte, wie verstört und gereizt sie einen zurücklassen konnten.

Als er allerdings gleichfalls geduscht, geföhnt und eigentlich guter Dinge die Treppe heruntergekommen war, hatte es nicht nach Kaffee gerochen, und der Frühstückstisch war nicht gedeckt gewesen, vielmehr stand Gerda mit der auf Hochglanz polierten Messingkanne vor ihren Kakteenbänken am Küchenfenster und goß. Sie wandte ihm den Rücken zu

und drehte sich auch nicht um, als er `Guten Morgen, Schatz´ sagte, antwortete nicht einmal mit einem Nicken. Ohne aufzuschauen verfolgten ihre Augen den schmalen präzisen Wasserstrahl, der rasch in die locker mit Sand vermischte Erde einsickerte. Gerda gediehen die Kakteen prächtig, sie brachte auch ganz seltene und zurückhaltende Arten, die man sonst nur in botanischen Gärten sah, zum Blühen, und in erbarmungswürdigem Zustand, hellbraun, verschrumpelt und in sich zusammengesunken, von Nachbarn oder Bekannten übernommene Exemplare erholten sich, wenn noch ein Rest Leben in ihnen war, unter ihrer liebevollen und sachkundigen Pflege in kurzer Zeit. Zögernd, weil er wußte, daß Gerda, beschäftigte sie sich mit ihren Kakteen, nicht gerne gestört werden wollte, war Heinrich hinter sie getreten, hatte ihr leicht die Hand in den Nacken gelegt, über den flaumigen Haaransatz unter den halblangen Locken gestrichen und `Was ist denn´ gefragt, worauf sie nur unwillig, mit Ekel fast, die Schultern verzogen hatte, daß er endlich seine Finger da wegnähme: `Laß mich.´ - `sag's mir doch.´
Achselzuckend hatte er die Kaffeemaschine angestellt, das Wasser für die Eier aufgesetzt und begonnen, den Tisch zu decken. `Ich kauf dir Brötchen´, hatte er gesagt, sein Rad aus dem Keller geholt, um zum Bäcker zu fahren, dazu reichte unter der Woche selten die Zeit, und Gerda mochte gern frische Brötchen zum Frühstück. Als er aber zurückkam, hatte sie ihr Ei schon gegessen und beschmierte bereits die zweite Scheibe altbackenes Graubrot mit Butter, weil sie wegen seiner Langschläferei derart hungrig gewesen sei, daß sie nicht länger habe

warten können und ´ich habe dir nicht gesagt, du sollst zum Bäcker fahren.´ - Heinrich setzte sich wortlos und aß auch, obwohl ihm nichts schmeckte.

Später ging er hinaus, mähte den Rasen des kleinen Vorgartens und hackte das spärliche Unkraut zwischen den letzten Blumen: Astern, ´King George´ mit ihren spirrigen lila Blütenblättern und dem gelben Staubfadenbusch in der Mitte und karminrot ´Crimson Brokat´. Er freute sich, denn sein Gras leuchtete saftig grün, obwohl der Sommer trocken gewesen war, bei den meisten Nachbarn hatte der Rasen häßliche beige Brandflecken davongetragen oder war mit harten Stoppeln durchsetzt, ausgedünnt, die anderen würden im nächsten Frühjahr weite Partien neu einsäen müssen, er nicht, er hatte während der sengenden Hitze im August keinen Urlaub gemacht, statt dessen Abend für Abend seinen Wassersprenger angeschlossen, den Stadtwerken dafür beträchtliche Summen gezahlt und überhaupt alles getan, daß nicht ein Halm stürbe.

Das Rasenmähen, die Blumen beruhigten Heinrich etwas, vielleicht war alles weniger schlimm, sie könnten miteinander reden, er würde sie in den Arm nehmen, ihr zuhören, ihren Kopf halten.

Zu Mittag hatte es, wie samstags häufig, serbische Bohnensuppe gegeben, und Gerda aß dazu eines seiner Brötchen, was er als Ermutigung deutete: ´Was ist denn, Schatz? Sag mir doch, was du hast.´ Da war sie in bodenloses Schluchzen gefallen: Sie arbeite und arbeite, rackere sich ab, aber er frage ja gar nicht nach ihr, meist sitze sie bis in den Abend allein, und wenn er dann mal zuhause sei, denke er auch bloß immer an seine Firma, ihn interessiere doch nur, wie er sein Klopapier unter die Leute bringen könne, feuchtes Klopapier, als ob es nichts wichtigeres gebe als feuchtes Klopapier mit Kamillenextrakt, so einen Blödsinn. - Dann war sie, ehe er auch nur ihre Hand hätte fassen können, aufgesprungen und weinend aus der Küche gerannt.

Heinrich blieb ratlos zurück. Die Geringschätzung, mit der Gerda über seine Arbeit sprach, verletzte ihn, eigentlich war er sich keines Versäumnisses bewußt. Sie hatten doch nach der Hochzeit alles gemeinsam geplant: Erst ein hübsches Haus zu kaufen, beide fünf sechs Jahre hart zu arbeiten, um den größten Teil der Belastung rasch abzuzahlen, schließlich zwei Kinder, einen Jungen und ein Mädchen. Er stellte sich eine süße kleine Tochter vor, mit weichen braunen Korkenzieherlocken, und wie sie auf wackeligen Beinen durchs Wohnzimmer stolzierte, eine kleine Gerda, die alle Herzen im Sturm nähme. Am Wochenende würden sie zusammen ins Grüne fahren, in den Zoo, in die Rheinauen, auf blühenden Wiesen würden die Kinder den bunten Faltern nachjagen, und Gerda hätte den Picknickkorb mit lauter leckeren Sachen gefüllt, mit gebratenen Hühnchen, Frikadellen, hartgekochten Eiern, geräucherten Würsten, mit Limonade für die Kinder und einer Flasche jungem perlendem Riesling für sie beide. Sie würden auf die Kirmes gehen, bei den Karussells dudelten dieselben dummen Schlager wie immer `O la Paloma Blanca´und `Schöne Maid, hast du heut für mich Zeit´, er würde der kleinen Gerda die Plastikchips für Pferde, Giraffen, Motorräder und Feuerwehrautos kaufen wie damals sein Vater, Zuckerwatte, gebrannte Mandeln, Bratäpfel, und in

der Geisterbahn säße er neben ihr und hielte sie fest.
Heinrich hätte gern Kinder gehabt, aber jedesmal, wenn er davon sprach, befand Gerda, `Das können wir uns im Moment nicht leisten, Heinz. - Eins nach dem anderen.´

Erst um viertel nach acht war Gerda heruntergekommen. Sie holte sich in der Küche ein Glas Wasser und schaltete wortlos den Fernseher für die Samstagabendshow ein. Vermutlich hatte sie im Schlafzimmer gesessen oder auf dem Bett gelegen, Heinrich war ihr nicht nachgegangen, hatte nicht an der Tür gehorcht, ob sie noch weinte, hatte nicht mit in der Kehle springendem Herzschlag gewartet, daß sie herauskäme.

Der Showmaster, ein Herr anfang siebzig, redete und redete, das war sein Beruf, er tat seit Jahrzehnten nichts anderes, stellte unverbindliche Fragen, entlockte kleine private Geheimnisse, erklärte Spiele, und den hübschen Kandidatinnen machte er dabei schmierig Komplimente, aber die Kandidatinnen lachten, lachten, wie früher die Schulmädchen gelacht hatten, wenn sie ein Klassenkamerad zum Eis einlud, geschmeichelt und ein wenig verschämt. Einmal lachte Gerda auch kurz.

Heinrich verlor ständig den Faden. Ihm war der Altmännercharme des Showmasters ebenso peinlich wie die kichernden Kandidatinnen. Und warum hatte Gerda gelacht? Gefielen ihr die Scherze? Womöglich fühlte sie sich selbst in der Rolle der Kandidatin. - Er schaute aus den Augenwinkeln zu ihr herüber. - Oder hatte das Lachen in Wahrheit ihm gegolten? `Nimm´s nicht so ernst, Heinzi´, vielleicht hoffte sie doch, daß er einen weiteren ersten Schritt machte? - Er sah sie offen an, aber ihr Blick blieb an einen Ball geheftet, den die Kandidatin eben in einen bunten Parcours geworfen hatte, je mehr Hindernisse er überwand, desto mehr Punkte würde sie bekommen, Punkte hießen Geld. Der Ball rollte bis fast zum Ende der Bahn, die junge Frau riß die Arme hoch, schrie auf, fiel dem Showmaster um den Hals. Andere Spiele folgten, die Sendung hörte lange nicht auf, der Showmaster war dafür bekannt, seine Zeit grundsätzlich zu überziehen. Schließlich gewann eine Fremdsprachenkorrespondentin den Hauptpreis, nicht die, die ihm um den Hals gefallen war, aber die Siegerin küßte ihn auch. Danach, gegen halb elf, verabschiedete sich Gerda mit kurzem `Gute Nacht´, ohne Kuß, und Heinrich wartete einige Minuten, daß sie sich in Ruhe auskleiden, waschen, das Nachthemd überstreifen könnte, da störte er nur. Er schaltete durch die Programme, um zu sehen, was es gab. Ein minderjähriger Tennisspieler, mit dessen Sieg niemand gerechnet hatte, dankte seinen Eltern und dem Sponsor für ihre bedingungslose Unterstützung auch in schwierigen Phasen, nebenan brüllte verschwitzt und rußverschmiert ein Minenarbeiter seine nach dem Stolleneinsturz eingeschlossenen Kumpel an, sie hätten nur gemeinsam eine Chance, während sich auf der Plexiglasbühne in nervös zuckendem Licht ein halbnacktes Mädchen, Sandra aus Griechenland, rhythmisch bewegte. Das Saalpublikum klatschte und pfiff, und Heinrich räkelte sich, spannte alle Muskeln, streckte sich aus, er war wohl müde, fragte sich, was die Leute an sowas fanden, er schaute solche Sendungen nicht, ein berühmter Dirigent gab Brahms vierte Symphonie im Verein der Musikfreunde, eigentlich

wollte er abschalten, warf aber vorher doch noch einen Blick auf das inzwischen völlig entblößte Mädchen, die wippenden Brüste, den prallen Hintern. Gerda hatte auch schöne Brüste, nicht wie diese, kleiner und aus festem Fleisch, es war Samstagabend, Gerda hatte nie vor ihm getanzt, sie mochte es nicht, wenn er sie nackt sah, vielleicht schämte sie sich einer unvollkommenen Stelle. Dabei gefiel sie ihm wirklich.
Heinrich ging ins Bad, putzte sich oberflächlich die Zähne, spülte sich für alle Fälle oder aus Gewohnheit sein Geschlechtsteil ab, sonst war es krebserregend, aber Gerda drehte sich zur Wand, als er ins Zimmer kam.
Mechanisch hängt, er seine Kleider über Bügel und Stuhl. Da sie nicht las, wie sonst häufig vor dem Einschlafen, löschte er die Nachttischlampe. So sah er ihr Wegsehen wenigstens nicht. Er legte sich auf den Rücken, um ihre Atemzüge belauschen zu können, atmete selbst ganz flach, damit die eingesogene Luft nicht geräuschvoll an den Nasenflügeln vorbeistrich, deutete das Auf und Ab ihres Brustkorbes, jedes Rascheln einer Bewegung unter der Decke, ob sie schlief oder wachlag, nein, sie schlief nicht, sie konnte auch nicht schlafen, sie konnte nicht schlafen können, starrte sie wie er bang in die Finsternis oder gleichgültig, wartete sie auf ein Zeichen, hoffte - er hoffte, daß sie wartete, aber er wußte kein Wort.
Zögernd schob er seine Hand in ihre Hälfte. Bei der Hochzeit hatten sie einander versprochen, niemals unversöhnt einzuschlafen. Er tastete nach ihrer Schulter, streichelte sie ängstlich mit dem Handrücken, fuhr mit dem Zeigefinger ihren Oberarm entlang, die Haut war so weich unterhalb der Achsel, sie duldete ihn zumindest,

oder schlief sie doch schon, vielleicht -
Indem sie laut und abschließend tief Luft holte, drehte Gerda sich um: `Heinrich, laß es. Bitte.´
Den Sonntag hatten sie schweigend verbracht, nachmittags telephonierte Gerda mit ihrer Mutter, danach teilte sie ihm mit, daß sie höchstwahrscheinlich Mitte der Woche zu den Eltern führe. Als Heinrich ansetzte, sie umzustimmen, entgegnete sie scharf, daß sie gar nicht einsehe, die ganzen Ferien allein im Haus zu sitzen, sie müsse sich auch erholen, bis Weihnachten sei es lang.
„Gerda, ich muß Gerda anrufen", hörte Heinrich sich sagen, „so kann ich doch nicht arbeiten", er wußte aber nur ungenau, was er sich davon erhoffte. Sicher nicht, daß Gerda sich entschuldigte, obwohl sie inzwischen womöglich selbst bedauerte, wie sie ihn zurückgewiesen hatte. Er war durchaus bereit, die Schuld bei sich zu suchen, Fehler einzugestehen, seinerseits um Verzeihung zu bitten, alles wiedergutzumachen, wenn sie ihm nur sagte, was, wenn sie nur überhaupt mit ihm sprach. Er setzte sich an den Schreibtisch, starrte hilfesuchend das Telephon an, als ob von da etwas zu erwarten wäre, er streckte den Finger nach der Wähltastatur aus und drückte versuchsweise, ohne den Hörer abzunehmen, seine Zahlen. Sie hatten selten miteinander telephoniert, er war nicht geübt, der Muschel etwas anderes als sachliche Informationen anzuvertrauen. Gerda rief ihn an, wenn er auf dem Nachhauseweg etwas einkaufen sollte, und er sie, wenn er unvorhergesehen später kam, damit sie sich nicht sorgte.
Heinrich zuckte vor Schreck, als sein Telephon jetzt tatsächlich zu läuten begann.

3. Ins Blaue

Das in Hamburg, Amsterdam und Kopenhagen ansässige Reederkonsortium Eurosea war immerhin der umsatzstärkste Eigner von Fähr- und Kreuzfahrtschiffen auf dem Kontinent und beförderte rund eine Million Passagiere pro Jahr auf allen wichtigen Routen. Nicht zu vergessen, daß Eurosea auch der durch zahlreiche Fernsehspiele und einen preisgekrönten Dokumentarfilm sehr populäre Luxusliner `Luise von Baden´ gehörte, ein Schiff von einzigartiger, unvergleichlicher Ausstrahlung und darum beim sogenannten kleinen Mann zum Sinnbild für Komfort und Exklusivität geworden. Ursprünglich habe Eurosea lediglich für die `Luise´ und vier weitere kleinere Kreuzfahrer `Prosan feucht classic´ abnehmen wollen, schon in ordentlichem Umfang, jedoch auf Vorschlag von Dr. Assmann, dem neuen Leiter der Marketingabteilung - einem außerordentlich begabten jungen Mann übrigens, einem regelrechten Glücksfall für die Firma - sei man zusammen mit den Reedern auf die Idee einer seines Wissens völlig neuen Strategie gekommen, nämlich die der Produktimagekopplung, wie Assmann das nenne. Denn `Prosan feucht classic´ habe zwar in den letzten anderthalb Jahren stattliche Zuwachsraten erzielt - ein kometenhafter Aufstieg - sei aber natürlich nach wie vor weit davon entfernt, zur Standardausstattung der deutschen Toilette zu gehören - „und da müssen wir hin! - Deshalb wäre in näherer Zukunft sowieso eine zweite großangelegte Werbe- und Informationsstaffel fällig gewesen. Was stellen Sie sich vor, wenn Sie `Meer´ hören?", wollte Dr. Kronberg plötzlich wissen, „Was fällt Ihnen als erstes ein?"

Heinrich dachte an den vorigen Herbst, als er mit Gerda auf ausdrückliches Anraten des Arztes wegen ihrer schon beinahe chronischen Nasennebenhöhlenentzündung eine Woche an der Nordsee gewesen war. Es hatte tagaus tagein zu scharfem, ins Gesicht schneidendem Wind Eis geregnet, und die See war eine graubraune, schmutzig aufgeschäumte Brühe, die nach vergammeltem Tang, Altöl und fauligem Fisch roch, so daß sie ab dem dritten Tag die Wohnung kaum mehr verlassen hatten, doch auch die Wohnung war zugig gewesen und die Heizung defekt. Gerda wollte damals sogar die Eigentümer verklagen, und sie würde bestimmt nie wieder ans Meer fahren. Aber das meinte Dr. Kronberg vermutlich nicht. „Weite", sagte Heinrich. - „Weite, natürlich", wiederholte Dr. Kronberg, „auch Weite. Das unstillbare Verlangen der Menschen nach dem Land jenseits des großen Wassers: Kolumbus, El Dorado, alles das. Aber dringen Sie tiefer, Grewent, folgen Sie Ihrer Empfindung, denken Sie an das flirrende Türkis des Pazifik: Vor Ihren Füßen hell, klar, sonnendurchflutet und dann, zum Horizont hin verdichtet es sich immer mehr in diesem schmalen undurchdringlichen Streifen, wie die Kante einer Glasscheibe, auf der der Himmel zu ruhen scheint: ein Ort kollektiver Sehnsucht. - Und dorthin laufen die Kreuzfahrtschiffe aus. Wenn es uns gelingt, diese drei Komponenten, Südsee, Kreuzfahrt und `Prosan feucht classic´ im Bewußtsein des potentiellen Käufers untrennbar zu koppeln, dann werden im Kopf von Frau Müller-

MeierSchulze, die in ihrem Supermarkt vor einem normalerweise doch eher langweiligen Klopapier-, Monatsbinden-, Küchenkreppregal steht, beim Anblick unserer in frischem Ozeantürkis gehaltenen Dosen - Psychologen haben das herausgefunden - Traumurlaubsbilder auftauchen. Sie kauft mit `Prosan feucht classic´ diesen für sie sonst unbezahlbaren Lebensstil, sie kauft ein Stück vom Paradies, und zwar zum Preis von zwei Mark fünfzig. Das ist soweit nichts Neues, unsere Branche hat diese Ergebnisse bislang nur leider kaum genutzt. Schauen Sie, Grewent: Wir haben über drei Jahrzehnte sachlich informativ mit Reinheit und Hygiene geworben, auch die Einführung von `Prosan feucht classic´ ist auf dieser Schiene gelaufen. Das war gut. Das war richtig - bis vor zehn Jahren. Es hat nämlich inzwischen, wie Assmann, glaube ich, sehr richtig formuliert, ein sogenannter Paradigmenwechsel stattgefunden. Andere Werte stehen im Vordergrund. Mit Hygiene allein können Sie heute keinen Blumentopf mehr gewinnen. Hygiene ist - zumindest in unseren Breiten selbstverständlich."

Assmann, dieser Schnösel. Lackaffe. Neulich war er tatsächlich unangemeldet in sein Büro spaziert, hatte überall herumgefingert, um schließlich dummdreist zu verkünden: „In ihr Büro darf man auch keine Besucher reinlassen. Hier sieht's ja aus wie beim Finanzamt." Assmann, hieß es, plane sogar, die Firma in `Sanity fair´ umzutaufen.

„Kurzum: Mit Eurosea soll ein Vertragswerk ausgehandelt werden, das vorsieht, sämtliche Schiffstoiletten, auch auf den gewöhnlichen Fähren, mit `Prosan feucht classic´ auszustatten. Gleichzeitig laufen neue Spots an, die wir gemeinsam mit der Reederei entwickeln lassen. So können, zwar über einen etwas längeren Zeitraum, aber letztlich genauso viele Leute `Prosan feucht classic´ testen - und das Produkt überzeugt ja - wie wenn wir wieder diese sehr sehr kostenintensiven Supermarktstände machen lassen oder Proben an die Haushalte verteilen, von denen die Hälfte dann doch im Müll landet. Darüber hinaus hat Dr. Assmann eine ganze Reihe origineller Ideen vorgeschlagen, die im einzelnen noch mit der Werbeagentur besprochen werden: Vom Rubbelgewinnspiel - erster Preis natürlich eine Karibikkreuzfahrt auf der `Luise´ -, über eine limitierte Sonderauflage mit Abziehbildern zum Sammeln für Kinder - Sie müssen nämlich die Kinder mobilisieren, Grewent, die schreien Ihnen den ganzen Laden zusammen, wenn Mutti nicht die Dose mit dem Schiffsbild kauft - bis hin zu Quartettkarten, Kalendern, kleinen Schiffsmodellen aus Aluminiumguß für den Setzkasten und so weiter und so fort. Wir bekommen also quasi die ausschließlichen Werberechte an Euroseaschiffen, liefern Ware in beträchtlichem Umfang und finanzieren Fernsehspots und Anzeigen gemeinsam mit der Reederei. -

Jetzt zum eigentlichen Problem: Sie fragen sich wahrscheinlich, `Was will der Kronberg denn von mir? Warum erzählt der mir das alles?´ Es geht um folgendes: Wie Sie vielleicht wissen, sind Dr. Assmann, Frau Verhülsdonk und Herr Sinkel aus der Kostenrechnung gestern zu den Vertragsverhandlungen nach Hamburg gefahren - beziehungsweise Herr Sinkel eben nicht, weil

er, wie mir seine Frau heute morgen sagte, leider Gottes mit Blinddarmdurchbruch in der Klinik liegt. Schlimme Sache. - Wäre es möglich - ich weiß, das ist ziemlich kurzfristig - könnten Sie eventuell heute nach Hamburg fahren? Mir läge sehr daran, einen harten Rechner wie Sie mit am Verhandlungstisch zu wissen, zumal uns da Hanseaten gegenübersitzen, die sind - im wahrsten Sinne des Wortes - mit allen Wassern gewaschen."
Hamburg. Als ob er so eben mal nach Hamburg fahren könnte. Gerda hatte doch Ferien. Und Gerda war mit ihm im Streit. Sie waren unversöhnt eingeschlafen. Zwei Nächte hintereinander. Sie hatte ihn heute morgen unversöhnt fortgehen lassen. Da konnte er doch jetzt nicht einfach sagen: `Ich muß nachher für vier Tage nach Hamburg, Schatz, das macht dir doch nichts aus, oder?´ Er stürbe unversöhnt mit Gerda, wenn ihm unterwegs etwas zustieße. ein Verkehrsunfall, ein Blinddarmdurchbruch zum Beispiel. -
„Um die praktische Seite kümmert sich selbstverständlich die Firma. Sie müßten nur gerade Ihre Frau verständigen, daß die Ihnen einen Koffer packt, einer unserer Fahrer kann den dann abholen. Ihre Frau hat Ferien zur Zeit, nicht wahr, die ist doch zu Hause?"
Nein, er wollte nicht in die aseptischen, resopalverkleideten Sitzungssäle, die mahagonigetäfelten Konferenzzimmer, nicht an die harten Verhandlungstische, über die man zog oder gezogen wurde. Auf denen man Argumente ins Feld führte, Interessen durchfocht, Haken schlug, Finten auslegte, Bauernopfer brachte bis zum Morgengrauen, bis dichte Nebelbänke sich zwischen Augen und Unterlagen schoben, über dem Dunst schwer

der Tabakrauch hing, und der Schweiß im Neonlicht glitzerte wie Tau, damit endlich aus Verhandlungsgegnern Vertragspartner würden in beiderseitigem Einvernehmen und zur allgemeinen Zufriedenheit. Er hatte sich doch nicht umsonst nie um diese Positionen bemüht. Er war Betriebswirt, kein Unterhändler, sein Platz war der Schreibtisch, er entwickelte, überschlug, rechnete durch, er holte Gutachten ein, wertete Gutachten aus und erstellte Gutachten. Mochte Assmann ihn dafür einen Pedanten schimpfen, einen kleingeistigen Bürohengst, Assmann sollte seinethalben soviele Verhandlungen führen, wie er wollte, von ihm aus konnte er der Alexander der Sitzungssäle werden und bis nach Japan vorstoßen. Er mußte nur achtgeben, daß ihn nicht bei den einsamen Vorbereitungen zur größten Konferenz aller Zeiten ein Herzinfarkt hinwegraffte.
Aber Assmanns Einfluß in der Firma war beängstigend schnell gewachsen. Sein Wort hatte offenkundig auch bei Dr. Kronberg Gewicht, und - soviel sah er inzwischen - Assmann riß alle zukunftsweisenden Ideen an sich. Er würde früher oder später zweifelsohne auch den Wandhalter übernehmen wollen. Seinen Wandhalter, über dem er schon seit Monaten brütete, nachdem Gerda sich immerfort beklagt hatte, die `Prosan feucht classic`-Dosen stünden auf dem Boden herum, jedermann stolpere darüber, die Papiere fielen heraus, und man könne sie wegschmeißen. Als er dann Dr. Kronberg seinen Vorschlag unterbreitete, hatte er zum ersten Mal den Geist echten Unternehmertums, dieses atemraubende Prickeln angesichts der Herausforderung, den Strudel der Vision in sich gespürt. - War Dr. Kronbergs Bitte in

Wirklichkeit schon eine Überprüfung seiner bedingungslosen Einsatzbereitschaft für die Firma, eingeflüstert von Assmann, der bei verschiedenen Gelegenheiten hatte fallen lassen, jemand wie der Kollege Grewent habe doch wohl kaum das Format, ein derart umfängliches Projekt wie den Wandhalter zu leiten. Wenn er nicht nach Hamburg führe, hätte er seine Chance von vorneherein verspielt. Fuhr er, stand er direkt unter Assmanns Kontrolle, und der hätte keine Skrupel, jedes Zögern, jede Ungeschicklichkeit, jede Fehleinschätzung gegen ihn zu verwenden. Wenn es ihm allerdings gelänge, alle Klippen zu umschiffen, wenn er ein die kühnsten Erwartungen übertreffendes Vertragsergebnis nachhause brächte, könnte selbst der Senkrechtstarter Assmann ihm den Wandhalter kaum mehr streitig machen. Und vielleicht wäre doch auch Gerda stolz. - „Ja natürlich, Herr Dr. Kronberg". sagte Heinrich, „das ist überhaupt kein Problem, ich rufe gleich bei meiner Frau an, daß die mir einen Koffer packt, wenn den von unseren Fahrern dann einer abholt." -
Dr. Kronberg hatte gewußt, daß er sich auf ihn würde verlassen können und im Prinzip fest mit seiner Zusage gerechnet. Eine Frechheit eigentlich, wo er doch auch wußte, daß Gerda Ferien hatte. - Er schätze ihn ja als einen der engagiertesten Mitarbeiter. Wenn er, Grewent, auf diesem Weg auch noch in den Managementbereich hineinwachse, dann - er drücke sich mal vorsichtig aus - dann sehe er für ihn noch beträchtliche Möglichkeiten in der Firma. Auch finanziell natürlich. „Am besten, Herr Grewent, Sie kommen gleich zu mir, sobald Sie mit Ihrer Frau gesprochen haben, sagen wir in zwanzig Minuten.

Ich gebe Ihnen die erforderlichen Unterlagen, die können Sie auf der Fahrt studieren, da ist genügend Zeit, wir stecken den ungefähren Verhandlungsrahmen ab, wieweit Sie gehen dürfen, im übrigen weiß Dr. Assmann über alles Bescheid."
`Sobald Sie mit Ihrer Frau gesprochen haben!´ Er hatte das ganze Wochenende vergeblich versucht, mit Gerda zu sprechen. Sie würde, wenn das Wort `Hamburg´ erst zwischen ihnen stünde, keine weiteren Erklärungen abwarten, seine längerfristigen Aussichten interessierten sie im Augenblick überhaupt nicht. Aber sie würde nicht zetern, nicht kreischen, keine Szene machen, sondern ganz langsam und ruhig entschlossen den Hörer immer weiter von ihrem Ohr in Richtung der Gabel bewegen. Während er sich wand, weitschweifige, langatmige, viel zu umständliche Erklärungen versuchte, fiele seine Stimme am anderen Ende wie eine Handvoll Glasmurmeln auf den Küchenboden, von Gerda keines Blickes gewürdigt, versprang noch zwei-, dreimal und kullerte mit einem `Klack´ gegen die Fußleiste. Dann wäre es still. - Frau Saibling mußte Gerda anrufen. Das tat sie sonst auch manchmal. Gerda kannte Frau Saibling. Ihr gegenüber würde sie freundlich bleiben, selbst wenn sie innerlich zerplatzte. Frau Saibling konnte sagen, was ja im übrigen auch den Tatsachen entsprach, - zumindest fast-, er habe zu Kronberg gemußt, um letzte Instruktionen zu erhalten, und das dauere noch, er könne deshalb jetzt leider nicht selbst mit ihr reden, riefe aber so schnell als irgend möglich von unterwegs an,`und außerdem soll ich Ihnen bestellen, daß Ihr Mann Sie sehr liebt.´

Heinrich schaute aus dem Fenster auf den gelassen vorbeiströmenden Rhein, der vom Regen nur an der Oberfläche beunruhigt wurde, der die Tropfen einfach wegschluckte. Vor dem gleichförmig bewegten Grau des Flusses verschwamm ihm alles seltsam. Er sah sich, wie er sorgfältig die Papiere aufeinanderlegte, auf dem Tisch zurechtstieß, stapelte, er bräuchte sie nicht mehr, wollte aber doch geordnete Verhältnisse hinterlassen. Er sah sich aufstehen, den Rahmen auf heute, Montag, den 20. Oktober, schieben, dann zur Tür gehen, über den Korridor zum Treppenhaus, die Treppe hinunter in die Eingangshalle, durch den Eingang ins Freie treten und rennen. Zur Straßenbahn - der Fahrer öffnete die Tür, weil er meinte, der Mann liefe wegen des Regens. An der Straßenbahn vorbei - verständnislos schüttelte der Fahrer den Kopf. Ein Chemiearbeiter kam ihm entgegen und schüttelte ebenfalls den Kopf. Er hörte seine Schritte hinter sich auf dem Asphalt, als wäre ihm jemand dicht auf den Fersen, holte ihn aber nicht ein. Als die Straße nach rechts Richtung Stadt abbog, lief er geradeaus querfeldein weiter durch das nasse Gras. Er hatte die festen Schuhe an auf Gerdas Geheiß. Ein rostiges Stück Stacheldraht zerriß ihm die Hose unterhalb des Knies, schnitt ins Fleisch. Etwas Blut floß angenehm warm die Wade herunter. Er rannte jetzt nahe am Ufer entlang. Vor ihm lag der Auwald, durch den er an freien Tagen manchmal mit Gerda gewandert war. Aber der Weg begann an einer ganz anderen Stelle, das war ihm nur recht. Es schien ihm ohne Belang, ob ihn einer aus den Prosan-Büros hatte rennen sehen. Oder doch nahezu ohne Belang. Niemand würde ihm folgen: Zwischen den

Pappeln nichts als dichtes Brombeergestrüpp und Brennesseln, mannshoch. Die dornigen Ranken schnappten nach seinen Füßen und brachten ihn fast zu Fall. Er blieb stehen. Zur Linken wuchsen Weiden im Sand bis ins Wasser, von Wellenresten vertraulich umspielt. Zum letzten Mal war er als Schüler so gerannt. Das lag gut fünfzehn Jahre zurück. Sein Herz schlug laut, er keuchte, rang um Luft. Der Schweiß mischte sich mit Regenwasser, und die Wunde am Schienbein brannte vom Salz. Wenige Meter von ihm entfernt stand ein Flecken dünnes Gras ganz hell. Etwas Herbstlaub war schon darauf gefallen, die Blätter hatten sich zusammengerollt. Er fing an, das Gras auszureißen. Die Erde war feucht, da gaben die Wurzeln gleich nach. Er kratzte den Boden auf, schaufelte, wühlte. Einmal als Kind noch vor der Schulzeit hatte er sich eine Höhle gegraben, die war bald vom Nachbarn, Herrn Schmittlutz, entdeckt worden, und seine Mutter hatte ihm danach immer aus der Zeitung vorgelesen, wenn Höhlen eingestürzt und Kinder darin umgekommen waren: daß er ihr nie wieder einen solchen Unsinn anstelle. Er zitterte vor Anstrengung und Kälte am ganzen Leib. Er würde sich den Tod holen: Das war die Strafe vom lieben Gott. Dr. Kronberg bekam einen Wutanfall. Assmann lachte sich ins Fäustchen, Gerda weinte, seine Mutter weinte, und die Oma im Himmel wäre sehr böse mit ihm. Er hatte Trauerränder unter den Fingernägeln, die Finger müßten sofort gebürstet werden, aber die Nägel wüchsen noch vier Tage weiter, auch die Haare und der Bart. Er sah erbärmlich aus: Sein guter Anzug war zerrissen und stand vor Dreck von alleine. Aber am vierten Tag hörte er eine Stimme, die ihn rief.

4. Die Fremden

Heinrich trat in die Bahnhofshalle und versuchte sich zu orientieren. Er war im Zugfahren nicht geübt. Gerda und er reisten selten mit der Bahn, sondern meist mit dem Wagen, und fast immer fuhr Gerda. Er erinnerte sich nicht genau, wann er zum letzten Mal hier gewesen war, jedenfalls hatte damals alles ganz anders ausgesehen, weniger neumodisch. Etwa in der Mitte des Raumes hatte man inzwischen eine Art technischen Pavillon aus eloxierten Pfeilern und Platten errichtet, in dem verschiedene Fahrscheinautomaten untergebracht waren. Links vom Durchgang zu den Gleisen gab es einen viereckigen grell beleuchteten Glaskasten voller Blumen, da könnte er am Donnerstagabend für Gerda einen Rosenstrauß kaufen. Demgegenüber das Tabakwarengeschäft mit Lottoannahmestelle: Brauchte er beides nicht. Über der Tür blätterte sich die automatische Zeittafel um. Bis zu Abfahrt seines Zuges verblieben ihm rund zwanzig Minuten. Glücklicherweise hatte er seine Karten bereits, Sinkels Karten, kein gutes Vorzeichen, aber so mußte er sich wenigstens nicht in die Schlange vor dem Schalter einreihen und niemandem erklären, was er wollte. Die Reservierung galt allerdings nur gestern.
Heinrich zog seinen blauen Koffer zur Backbude und bestellte eine warme Apfeltasche mit Kaffee. Der Koffer war das Hochzeitsgeschenk von Breuers gewesen, den Eltern seines ehemals besten Freundes Ullrich, mit dem er sich vor drei Jahren überworfen hatte, als der verdammte Idiot sich an Gerda heranmachen wollte.

Gerda genoß die Annäherung zu allem Überfluß offenkundig - `Ich weiß gar nicht, was du hast, ich finde Ullrich sehr nett. - Und er ist so charmant.´ - Außer ihnen dreien hatte aber niemand von der Geschichte erfahren. - Ob Gerda mit Absicht diesen Koffer ausgewählt hatte? Eigentlich war er viel zu groß für vier Tage und ihn allein.
Beim Biß in den fettigen Blätterteig verbrühte er sich den Gaumen am siedendheißen Apfelmus. Normalerweise wäre jetzt Frau Saibling gekommen, vielleicht hätte sie ihm ein Stück selbstgebackenen Sonntagskuchen mitgebracht, Strudel oder Obstboden, sicher hätte sie etwas Freundliches gesagt. Stattdessen stand er in dieser unwirtlichen Bahnhofshalle an einem schäbigen abwaschbaren Plastiktisch mit eingebautem Abfalleimer, aus dem der Müll roch. Der Kaffee schmeckte bitter, weil er schon viel zu lange auf einer viel zu heißen Platte gestanden hatte. Er ließ seine Zunge die Brandbläschen betasten, zerquetschte sie schließlich mit dem Zeigefinger und kaute auf den Hautfetzen herum. Die S-Bahn aus Frankfurt hatte eben gehalten und eine Menschenmenge freigegeben, die von allen Seiten dicht an ihm vorbei drängte. Einer rempelte ihn sogar mit seiner Aktenmappe, ohne sich zu entschuldigen. Der Kaffee erreichte seinen Magen und verursachte einen unmittelbaren Säureausstoß, so daß ihm übel wurde. Speichel rann zusammen, er hätte ausspucken mögen, schluckte aber nur. Er konnte die Apfeltasche jetzt keinesfalls weiteressen und warf sie unauffällig weg, das machte man eigentlich nicht. Auch den Kaffee ließ er zurück, sollten sich andere darum kümmern. Vorsichtshalber

würde er schon auf sein Gleis gehen.
In der Unterführung hatte jemand vor kurzem, also am hellichten Tag gegen die gekachelte Wand uriniert, eine Pfütze verteilte sich über die Fugen der grauen Betonplatten weiträumig auf dem Boden. Damit hatte er nun doch nicht gerechnet. Der Gestank verstärkte die Übelkeit. Er stellte seinen Koffer auf das Gepäckband, mußte ihn dann aber eigenhändig hochschieben, weil das Band mit den Rollen nicht zurechtkam.
Unter dem Hallendach lastete die Luft regenschwer auf den Gleisen. An verschiedenen Stellen tropfte es. Zwischen angerosteten Masten waren auf mehreren Ebenen Leitungen gezogen, manche hingen schlaff, andere wurden bis zum Äußersten gespannt. Sie verzweigten sich, liefen auseinander, dann parallel, stießen erneut zusammen, hier und da von Spulen, Verteilern und Widerständen unterbrochen. Verbindungsstücke zogen feinere Drähte zu stärkeren herüber, und ummantelte Stäbe hielten unverträgliche auf Distanz. An den Masten blinkten farbige Lichter und Signalbalken, damit Unglück, das jederzeit drohte, vermieden wurde.
Kein bekanntes Gesicht. Heinrich stand unter Fremden. Sie schlenderten wartend auf und ab, scheuchten gelangweilt die bettelnden Tauben und Spatzen, ermahnten ihre Kinder zur Vorsicht. Sie saßen breit auf den Bänken und lasen in selbstverständlicher Ruhe ihre Zeitungen, denn die Gegebenheiten waren ihnen vertraut und auch die Ausnahmefälle. Sie kannten sich, sie trafen täglich zusammen, keine unangenehme Überraschung lauerte ihnen auf: Die anderen bildeten eine geheime Gesellschaft von Eingeweihten, zu der er keinen Zutritt

haben würde. Er wußte es jetzt wieder: Man hatte ihn hier abgesetzt unter allerlei Versprechungen und mit einem nagelneuen Matchboxauto als Trostpflaster für den ersten Tag. Die Frau sagte: `Du wirst dich rasch einleben, Heinrich. Schau mal, draußen spielen sie Völkerball, da kannst du bestimmt mitmachen. - Oder willst du lieber 'was basteln?´ Er stand allein an der Seitenlinie. Er kannte die Regeln nicht, die ungeschriebenen Gesetze, vor allem nicht die Machtverhältnisse, die Pakte und Feindschaften. Er hatte keinen Platz in der Rangordnung und keine Verbündeten, deshalb würde er Fehler machen, unverzeihliche, und dafür würde man ihn ermahnen, beschimpfen, er würde Abreibungen beziehen, Sand fressen und von den Mädchen ausgelacht werden. Er sah das hämische Grinsen Udo Reinhardts auf seine ängstliche Bitte `Kann ich dein Freund sein´, wie er ihm das Auto aus der Hand riß und es mit voller Wucht gegen die Klinkerwand warf. Ein südländisch aussehender Junge steuerte direkt auf ihn zu. Er war offenbar ebenfalls neu. Heinrich schaute freundlich. Er würde ihm zwar kaum weiterhelfen können, müßte aber dessen vermutlich berechtigte Frage nicht im vorhinein durch abweisendes Gebaren erschweren. `Oh, das kann ich leider nicht sagen, beim besten Willen nicht, ich kenne mich hier auch nicht aus.´ Aber vielleicht fänden sie sich gemeinsam zurecht. Bis auf einen Schritt trat der Fremde heran, drehte dann plötzlich ab, und Heinrichs Lächeln traf unversehens eine hübsche Frau, die ihn beobachtet zu haben schien und belustigt wirkte. Er spürte, wie seine Ohren heiß wurden.
Aus den Lautsprechern kündigte eine metallisch scheppernde Frauenstimme völlig unverständlich

Änderungen an, eine Verspätung, einen Gleiswechsel, oder doch bloß die Durchfahrt eines Güterzuges. Möglicherweise war die Meldung wichtig für ihn, sonst hätte man sie schließlich nicht auf diesem Gleis gemacht. Er mußte sich beim Aufsichtsbeamten erkundigen und zur Sicherheit gleich nachfragen, ob er sich überhaupt auf dem richtigen Bahnsteig befand. Allerdings war kein Aufsichtsbeamter in der Nähe. In einiger Entfernung entdeckte er ein Schild mit `I´, das vielleicht Information bedeutete, er zweifelte jedoch, da es sich nicht um das übliche kleine `i´ auf blauem Grund, sondern um ein großes, das auch römisch eins heißen konnte, auf dunklem Grün handelte.
Bei dem Schild stand tatsächlich eine Art Haus, ein schlichter rechteckig gemauerter Ziegelbau mit gläserner Front, hinter der von übersichtlich geordneten Schalttafeln und Pulten aus das komplizierte Netz offenbar überwacht und gesteuert wurde, wo im Notfall Maßnahmen zur Sicherung und Eindämmung ergriffen werden sollten. Aber auch hier war niemand. Beide Stühle unbesetzt. Lediglich der übervolle Aschenbecher und ein Päckchen Zigaretten, das samt Feuerzeug achtlos zwischen den Hebeln herumlag, zeugten davon, daß hier eigentlich gearbeitet wurde. Demnach lief im Augenblick wohl alles nach Plan. Oder aber es herrschte grobe Fahrlässigkeit - die Fertigungsstraßen bei Prosan jedenfalls blieben nie unbeaufsichtigt, und wenn einer seinen Posten ohne ausdrückliche Erlaubnis verließ, drohten härteste Konsequenzen. Zu Recht.
Heinrich ging einmal um den Bau herum, um festzustellen, ob sich nicht im hinteren Teil, der vom

Kontrollraum abgetrennt und durch die Scheibe nicht einsehbar war, jemand aufhielt, der ihm Auskunft geben könnte, fand jedoch nur eine verschlossene Stahltür mit der Aufschrift „Achtung Hochspannung! Lebensgefahr!". Es wäre ein Leichtes gewesen, die Frontscheibe einzuschlagen, wenn ein mutwilliger Zerstörer, ein Saboteur eindränge.
Gegenüber quietschten die Bremsen eines Nahverkehrszuges ohrenbetäubend. Diesmal verstand er die Ansage: „An Gleis zwei bitte nicht einsteigen. Der Zug endet hier." Aber das betraf ihn nicht.
Endlich erschien sein Zug auf der Anzeigetafel. Die Menschen wurden unruhiger, falteten ihre Zeitungen, standen auf, riefen die Kinder „und jetzt bleibst du an meiner Hand, hast du gehört!" Sie suchten ihre Koffer, Taschen und Tüten zusammen, schleppten mit beträchtlicher Mühe alles zur Bahnsteigkante oder begannen, ihre Gepäckkarren zu entladen, und an bestimmten Stellen bildeten sich rasch Trauben, als gäbe es allgemein bekannte Zeichen, daß genau dort die Waggontüren zum Stehen kämen. Ältere baten Junge, ihnen beim Einsteigen behilflich zu sein oder einen besonders schweren Koffer nachzureichen, „das wäre sehr freundlich von Ihnen." Bei einem prallen Plastikbeutel riß der Griff ab, schmutzige Wäschestücke fielen zu Boden, wurden unter Verwünschungen hastig wieder hineingestopft; währenddessen drängten einige sich verstohlen vor, andere schoben ganz ungeniert, indem sie mit Ellbogen und Kofferstößen gezielt Lücken schafften. Jemand sagte vernehmbar gereizt, „Hören Sie, Sie werden schon nicht vergessen, stellen Sie sich bitte

hinten an", bekam „Halts Maul Opa" zurück und einen Schulterrempler dazu. „Das ist doch eine Frechheit sondergleichen, Sie!" kreischte eine ältere Dame kurz davor, den Störenfried mit ihrem Stock zu attackieren, konnte aber im letzten Moment zurückgehalten werden, „Lassen Sie, da macht man nichts dran, so sind diese Leute halt", und rief stattdessen abwechselnd nach Bahnpolizei und Gleisaufsicht. Verschreckt flogen einzelne Tauben auf, gewiß, daß die Brotkrumen noch dalägen, wenn wieder Ruhe eingekehrt wäre.

Heinrich hatte sich mit seinem Koffer in deutlichem Abstand zu dem Pulk plaziert, um auf keinen Fall in irgendwelche Streitigkeiten verwickelt zu werden, obwohl er lieber direkt an der Bahnsteigkante gestanden hätte.

„Achtung, an Gleis drei hat jetzt Einfahrt IC fünfhundertsechzehn `Klaus Störtebecker´ von München nach Hamburg Altona über Koblenz, Bonn, Köln, Münster, Osnabrück; planmäßige Abfahrt elf Uhr siebenundzwanzig; bitte Vorsicht bei der Einfahrt des Zuges." - Heinrich sah ihn da schon aus dem Tunnel kommen, niemand konnte ihn aufhalten. Eine gewalttätige Entschlossenheit, alles, was sich in den Weg stellte, zu zermalmen, rollte heran. Hoffentlich hatte niemand entschieden, sich gerade jetzt vor genau diesen Zug zu werfen. Für einen Moment spritzte Blut durch die Halle, dann hörte er Fleisch gegen den Oberleitungsmast klatschen. Die Leute sollten mit dem Gezänk aufhören, sonst fiele am ende noch jemand unglücklich. Heinrich trat unwillkürlich einen Schritt zurück, als die Lok an ihm vorbeidonnerte. Die anderen aber schoben weiter mit zusammengekniffenen Lippen, alle Muskeln gespannt und die Konkurrenz unablässig mit Argwohn beäugend. Als der Zug schließlich stand und die Türen geöffnet wurden, hatten die Aussteigenden Mühe, sich einen Weg durchs Gedränge zu bahnen.

5. Der Wandhalter

Die Scheibe war ein Tropfenschlachtfeld. Einige zuckten noch, andere rollten ein letztes Mal matt zur Seite oder flossen aus spärlichen Rinnsalen zusammen bis zur Übersättigung, um dann unerschrocken gerade wie an einer Lotschnur auf die Gleise zu stürzen. Der Halt bot lediglich ein kurzes Verschnaufen.
Nach einem Geschiebe und Gedränge durch drei Großraumwagen hatte Heinrich tatsächlich Platz in einem fast leeren Nichtraucherabteil gefunden. Außer ihm saß noch ein Mann gleich neben der Tür und durchblätterte eine Zeitschrift mit bunten Bildern. Die Übelkeit, die er schon beinahe wieder vergessen hatte, war zurückgekehrt: Minutenlang hatte er im letzten Waggon gestanden, weil der Minibarverkäufer eine größere Gruppe bayrischer Männer, die eben Brotzeit hielten, mit frischem Bier versorgen mußte. Das mitgebrachte war wohl vorzeitig zu Ende gegangen, sein Dunst hing dick über den leeren Flaschen, geröteten Köpfen, Gepäckstücken, mischte Schwaden von Geselchtem und Hausmacherwürsten auf, deren Fett in der menschenwarmen Luft schmolz und ausfloß. Schwere Scheiben grober Leberwurst lagen grau neben mit glasigen Speckstücken durchzogener Blutwurst auf zerknitterter Aluminiumfolie, abgezogene Streifen Naturdarm und orangefarbene Kunststoffpelle wanden sich auf den nackten Tischplatten. Schließlich mußte er sich in eine der Bänke hineinpressen, damit der Verkäufer ihn vorbeilassen konnte: Beinahe zwischen Heinrichs Beinen ragte der bleiche Knochen aus einer angebissenen

Haxe und auf der braunen, gestern vielleicht knusprigen
Schwarte standen abgeknickt noch vereinzelte Borsten. Er
schloß die Augen, atmete mit Mühe tief durch und
konzentrierte sich, den diesmal in bedrohlichen Mengen
zusammenfließenden Speichel herunterzuwürgen, so daß
er die Flüche des Haxenessers nur in der Ferne, am dunkel
verhangenen Horizont der Geräusche hatte grollen hören.
Nach einem galligen Aufstoßen kratzte es ihm jetzt noch
im Hals, aber er saß endlich, und sein Abteilnachbar hatte
während des Aufenthaltes gelüftet. Heinrichs Magen
würde sich langsam beruhigen.

Als wenn er alleine gewesen wäre, fühlte er nochmals
den schmerzhaft verbrannten Gaumen ab, bis ihm
aufging, daß einer ziemlich lächerlich finden könnte und
auch unhöflich, wie er da mit seinem Zeigefinger im weit
geöffneten Mund puhlte.

Einer Schnur Dominosteine gleich ratterte Gerda seine
Dornfortsätze herunter. Später. Er würde später darüber
nachdenken, was er ihr sagen wollte. Im Moment mußte
er erst zur Ruhe kommen. Außerdem war er unaufhaltsam
unterwegs. Später würde er sich passende Sätze
zurechtlegen, den richtigen Tonfall suchen, eventuell
Stichworte notieren, damit er nicht den Faden verlöre im
Eifer. Später würde er sie dann auch anrufen, jetzt
jedenfalls nicht, nach drei vielleicht, um ihren
Mittagsschlaf nicht zu stören, er hatte ja Zeit genug, die
Fahrt dauerte fast sechs Stunden, oder er riefe aus
Hamburg an, da könnte er vorgeben, bloß sagen zu
wollen, daß er gut gelandet sei, oder noch später vom
Hotel aus, im Zimmer wäre er auch ungestörter als in der
Zelle, außerdem hatte er keine Telephonkarte und

vermutlich nur wenig Münzgeld im Portemonnaie, und wenn man unter Zeitdruck sprechen mußte, ob das gut wäre? - Vermutlich war sie jetzt ohnehin zum Einkaufen gegangen. Er sah auf die Uhr: viertel vor zwölf - um halb zwölf ging Gerda in den Ferien oft einkaufen, grad vor dem Mittagessen, dann hatte sie es mit Kochen und Abwasch in einem großen Haushaltsblock erledigt.

Der Zug rollte unerwartet leise durch die Vororte. Etwas fehlte. Heinrich hatte selbstverständlich mit dem harten Rhythmus Gleisnaht auf Gleisnaht gerechnet, aber nur an wenigen Stellen, bei den Weichen vermutlich, tönte der vertraute kurze Doppelschlag von unten herauf, `Ta-Tack´, dann wieder für lange Zeit nichts als das gleichbleibende Schaben ungestört sausender Eisenräder. Vor allem dieses vorwärtstreibenden Taktes wegen mochte Gerda die Bahn nicht: Als kleines Mädchen habe sie über Jahre ganze Fahrten lang wie am Spieß geschrieen, erzählte ihre Mutter. Auch Gerda erinnerte sich deutlich: `Weißt du, wie wenn ein wildgewordenes Korps Spielleute, Kerle mit roten Bärten, finsteren Uniformen - ich sehe sie jetzt noch - im Kreis um mich herumgestanden hätte und trommelte und trommelte und trommelte. Da kannst du dir die Ohren zuhalten, das hilft nicht, von allen Seiten hämmern sie wie mit Metallstäben auf dich ein und rücken dir immer noch näher auf den Leib´. - Heinrich im Gegenteil vermißte diesen stampfenden Marsch sogar ein wenig, irgendwie hatte er einen reisender gestimmt - wie die Lieder, die sie früher auf den Sonntagsspaziergängen gesungen hatten. Trotzdem hörte man während der Fahrt vom Regen fast nichts.

Das Rheintal ähnelte auf dieser Seite eher einer weiten Ebene, die ganz gemächlich über ruhige Hänge zum Fluß hinabglitt. Ungefähr auf halber Höhe verlief die Bahntrasse. Rechterhand wanderten lange Obstbaumreihen herunter, in exakten Abständen gesetzte Plantagenzüchtungen, gerade mannshoch, damit ohne Leitern geerntet werden konnte. Sie verschwanden in einer flachen Senke, stiegen wenig später eine Kuppe hinauf, um dann endgültig vom Grau geschluckt zu werden. Zwischen den Baumkolonnen standen hier und da auch starke Verbände Wein wie zum Zählapell und trotzten der Nässe. Ein dicker Wasservorhang senkte sich am gegenüberliegenden Ufer über das Rheingaugebirge.
Heinrichs Gesicht war so nah an der Scheibe, daß sie von seinem Atem beschlug. Er malte zwei Augen in den Fleck, Mund und Nase, verwischte dann aber alles hastig.
- `Kindskopf.´
Aus der Regenwand tauchte die Hügelkette jetzt allmählich doch auf. Erst ein bläßlicher Schemen, verdichtete sie sich zusehends zu dem Trichter, der Fluß und Zug in den folgenden schmalen und schroffen Talabschnitt zwängen würde.
Wie oft waren sie als Kinder in den Ferien mit den Eltern dieses Tal - eigentlich konnte man es schon eine Schlucht nennen - rauf und runter gefahren, und bestimmt hatte es vor Zeiten bereits hier gefährliche Stromschnellen gegeben, gurgelnde Strudel, aufgeschlitzte Schiffsbäuche, die Matrosenschreie im Nebel: nicht erst zu Füßen der sündig ihr Haar öffnenden Loreley. Damals hatte er hier jede Burg gekannt und wußte Geschichten von holden Jungfrauen, hochherzigen Kriegern und natürlich

schmählichem Verrat, aber inzwischen hielt er kaum mehr die Namen der Ruinen auseinander, geschweige denn ihre einstigen Bewohner, Verteidiger, Eroberer, Zerstörer.
Die graubraunen Gemäuer des Hildegardis-Klosters hoben sich nur schwach vom fahlen Grün der umliegenden Weinterrassen ab. `Gloria in excelsis deo...´ Ein silbriger Tonfaden wehte aus dem Seitenschiff herüber und durchwirkte den Weihrauch. Früher. Es war. Als. (Welche Rolle die im Verborgenen singenden Nonnen in diesemSchauspiel aus Liebe, Abschied, Krieg, treuem Warten und Wiedersehensglück gespielt hatten, war ihm rätselhaft geblieben.)
Weiter oben, auf der Höhe des Kammes fuchtelte Germania mit der Reichskrone im Trüben - deren Gründe hatte er ebenfalls vergessen. Bei ihrem Anblick mußte er an seine wuchtige Großtante Wilma denken und stellte sich vor, wie sie eine Cromarganschüssel nach Onkel Severin warf. Die beiden waren längst tot und zusammen mit Rittersälen, Nonnenklöstern und Wildgehegen, mit Pommes frites Buden, Kindertellern und Schwarzwälder Kirschtorte an einer ganz entlegenen Stelle seines Gedächtnisses versunken. Sedimente hatten sich Schicht um Schicht abgelagert, hatten Treibholz, Blechbüchsen, Kadaver eingeschlossen, und mit der Zeit war daraus eine Untiefe geworden, die ihn jetzt, wo er blauäugig in dieser unerforschten Gegend umhertrieb, mit sandigem Knirschen auflaufen ließ.
Der Zug rauschte dicht an schmutzigen Häuserzeilen vorbei, an Supermärkten, Tankstellen, Kneipen. Bei Regen wirkten die Kleinstädte besonders verkommen.

Heinrich warf kurze zufällige Blicke in anderer Leute Wohnungen. Hinter vielen Scheiben brannten Lampen, der Tag hatte sich für heute bereits verabschiedet, obwohl es gerade erst zwölf war. Er sah zwei Alte hinausstarren. (Hatten die ihn auch gesehen?) Eine Frau saß rauchend vor einer Tasse Kaffee. Sie trug eine hellblaue aufgeblasene Plastikhaube zum Haaretrocknen. (Warum machte sie sich montags die Haare statt am Wochenende?) Vermutlich dudelte ihr Radio laut, sonst verstand sie nichts. An einer Schranke standen zwei Kinder mit ihren Fahrrädern und winkten, als habe die Oma sie dazu eigens dort hingestellt. Er hätte zurückwinken sollen. Jemand holte Wäsche aus der Maschine, jemand goß die Blumen auf seiner Fensterbank. Die Autos fuhren größtenteils mit Licht. - Schon vorbei. Alles schoß nur so vorbei. Die Menschen in ihren Alltagen gingen ihn in Wirklichkeit nichts an, sie interessierten ihn auch nicht. Und trotzdem: Für einen Augenblick waren sie in seinem Leben gewesen, ob sie es wollten oder nicht, ob er es wollte oder nicht. Heinrich ahnte etwas vom Wesen des Flüchtigen und von der Dauer. Ein seltsam durchscheinendes Wechselspiel aus Fragen und Antworten schaukelte vage, einer Qualle gleich, einer Meduse, in seinem Kopf hin und her. Er merkte erst gar nicht, wie sie sich für einen Moment bis weit über seine Grenzen ausdehnte, als er jedoch genau hinschauen, zugreifen wollte, zuckte sie furchtsam zusammen, er hatte sie verschreckt, eine blitzartige Kontraktion ließ sie fortschnellen, er spürte noch ihren Rückstoß, eine leichte Welle: dünne, schal schmeckende Flüssigkeit.

Mit breitem weißem Pinselstrich in der Höhe der Promenade auf die grob bossierten Quader der Uferbefestigung gemalt, vor dem Ortausgang noch einmal für die Schiffer nachts als fluoreszierendes Schild schwarz auf weiß: ein Schlag unter die Gürtellinie, eine schallende Ohrfeige, bei Stromkilometer fünfhundertzweiunddreißig: Assmannshausen. - Nicht, daß es unerwartet dort lag. Er kannte den Namen, er kannte die Stadt. Natürlich. Er hätte jedermann, der danach gefragt hätte, jederzeit ihren Platz am gegenüberliegenden Ufer als erste eingangs der Talschlucht beschreiben können. Es hatte aber niemand danach gefragt.

Da kam er also her. Oder, wenn schon nicht er selbst, so war doch zumindest einer seiner Vorfahren von dort aufgebrochen, um in der Welt sein Glück zu suchen, und spätestens dieser bis dato letzte Sproß der Sippe hatte ja allem Anschein nach auch etwas gefunden: Doktor rerum oeconomicarum Klaus-Jürgen Assmann, Leiter der Marketing-Abteilung der Firma Prosan Hygienepapiere AG, ungekrönter König der Verkaufsstrategen, im Hauptberuf Wichtigtuer, Speichellecker, Emporkömmling. - Unwillkürlich zischte ihm ein scharfes „Pff" durch die Lippen. Er ärgerte sich zum wiederholten Mal, damals die Möglichkeit zur Promotion ausgeschlagen zu haben, um seinen Eltern, die bei einem mittleren Beamtengehalt und drei Kindern ohnehin keine großen Sprünge machen konnten, nicht länger als nötig auf der Tasche zu liegen. Dabei beeindruckte ihn der Titel selbst gar nicht besonders. Allerdings, und das war der Punkt, gaben diese feinen scheinbar belanglosen Unterschiede immer wieder den Ausschlag in knappen Ent-

scheidungen. - „Wettbewerbsverzerrung!" Ein spitzer Faltenkeil grub sich zwischen seine Brauen, die Wangenmuskulatur wurde hart. Außerdem schaffte das `Herr Doktor´ schon im täglichen Umgang ungleiche Verhältnisse. `Herr Grewent, können Sie bitte...´ - `Natürlich Herr Doktor Assmann.´
Mit allem Nachdruck führte ihm der Name `Assmannshausen´, der gewöhnliche Name eines hübschen Städtchens am Mittelrhein, bewohnt von unbescholtenen Bürgern, die alljährlich ihre Weinkönigin wählten, ein Name, den er in ganz anderem Zusammenhang gespeichert hatte, vor Augen, daß er sich keineswegs auf einer sentimentalen Reise in die Vergangenheit befand: Er war im Krieg. Er hatte Haus und Hof, Weib und - gut, Kind noch nicht, gleichwie - verlassen und zog ins Feld. Er wußte nicht, was ihn erwartete, als wer er zurückkehren würde, ob heil oder versehrt, ob überhaupt. Auf jeden Fall begann bereits hier feindliches Territorium, und er fuhr nicht länger durch, wie er noch eben gemeint hatte, vertraute, heimische Gefilde.
Die Vermutung, daß er in Hamburg die Entscheidungsschlacht um den Wandhalter führen sollte, war Gewißheit geworden. Er glaubte inzwischen sogar, daß Dr. Kronberg ihn mit dieser Aufgabe bewußt in einen Hinterhalt lockte, damit der Vorstand später triftige Gründe zur Hand hätte, ihm das Projekt wegzunehmen. Er hörte schon das Gesülze: `Schauen Sie, Herr Grewent, Dr. Assmann ist für unser Unternehmen eine Art Vordenker, jemand, der das Ganze sieht, der immer auch längerfristige Erwägungen mitberücksichtigt, einer der,

wie man so schön sagt, klotzt und nicht kleckert. Dagegen liegen ihre Stärken eher in der Genauigkeit, im Blick fürs Detail, Sie sorgen dafür, daß am Ende jeder Faktor hieb- und stichfest durchkalkuliert ist. - Zum Erfolg brauchen wir Leute wie Sie so dringend wie einen Dr. Assmann, nur müssen Sie Verständnis haben, daß ich für die Federführung einer so vielfältigen und umfassenden Investition, wie der Wandhalter sie nun einmal darstellt - wahrscheinlich wird daraus in den nächsten Jahren ein ganz neuer Unternehmenszweig entstehen - daß ich für eine solche Aufgabe einen Mann will, der die großen Linien im Auge behält, der über den Tag hinausdenkt, und der sich dann auch nicht mit Kleinkram aufhält.
Glauben Sie mir, ich weiß, wie sehr Sie an der Sache hängen. Ich habe keineswegs vergessen, daß der Vorschlag ursprünglich von Ihnen stammt. Trotzdem wird der Vorstand morgen Dr. Assmann offiziell mit der Gesamtplanung betrauen.
Ich erinnere Sie in diesem Zusammenhang nur - und das tue ich äußerst ungern - an Ihren Schiffbruch in Hamburg. Sie haben ein Rechenexempel nach dem anderen auf den Tisch gelegt, Dr. Assmann sagte mir, es sei teilweise regelrecht peinlich für ihn gewesen - genau diese Kleinschrittigkeit war dort nämlich nicht gefordert. Verstehen Sie mich bitte richtig, Herr Grewent, ich schätze Sie als Mitarbeiter außerordentlich, und man muß auch nicht alles gleichermaßen gut beherrschen, das verlangt kein Mensch. Allerdings sollte man seine Grenzen kennen.´
Von wegen, `Ich sehe da noch beträchtliche Möglich-

keiten für Sie...´ Die Schlinge zog sich zu. Er saß in der Falle. Aber er wollte seine Haut schon teuer verkaufen. Mochte er auch kein Visionär vom Schlage Assmanns sein, worauf er dankend verzichtete, so mußte er sich doch wohl kaum als engstirnigen Trottel abqualifizieren lassen. Er hatte eine Idee gehabt, die war langsam herangereift, hatte allmählich konkrete Gestalt angenommen, und daß sie gut war, wußte er nicht erst, seit Dr. Kronberg sie sich selbst zur Herzensangelegenheit gemacht hatte. Assmann, der Fön, hingegen hatte in der Zwischenzeit unter enormem Getöse heiße Luft produziert, daß den Vorständlern die Ohren nur so schlackerten, und sich ansonsten allerhand modischen Firlefanz aus den Fingern gesogen. Aber gerade das sollte sein Wandhalter eben nicht werden: eins dieser lächerlich bunten Wegwerfprodukte, ein kaugummifarbenes Kästchen aus Billigplastik, banal in der Form, schlecht verarbeitet, mit abgerundeten Kanten und albernen Aufdrucken. Ihm schwebte etwas anderes vor. Sein Wandhalter sollte von zeitloser Schönheit sein, ein Klassiker des Sanitärdesigns:
In einem streng rechtwinklig gefügten Gestänge aus chromblinkendem Vierkantstahl wäre wie ein Schrein das mattschwarze Kerngehäuse eingesenkt. Dessen verbreiterter Kopf ruhte schwer auf dem oberen Stangenumlauf, den in der Mitte der Front eine von oben nach unten durchgehende Auswuchtung, ebenfalls gefaßt von zwei Chromstreben, unterbräche. Allerdings schlössen sich die vier Stangen nicht auf einer Höhe zum Rechteck, sondern die zwei aus der Tiefe lagerten auf denen der Breite, alle jedoch innerhalb des von den Eckpfeilern

begrenzten Raums. Sämtliche Stäbe ragten etwa zwei Zentimeter über die Verbindungspunkte hinaus, und auf der hinteren Seite stießen sie wiederum auf ein stählernes Rechteck parallel zur Rückwand, so daß der Kasten beinahe vor den Kacheln zu schweben schien.

Wenn man den Deckel öffnete, ereignete sich ein kleines Wunder: In der Mitte des massiven, fast bedrohlich schwarzen Blocks wäre eine Vertiefung eingeschnitten und in diesem Abgrund erstrahlte wie gehämmertes Silber das erste Blatt des mit einem zarten Quadratmuster geprägten Papiers. Die Auswuchtung erwies sich als ein zum eigentlichen Papierfach hin offener Schacht, so daß man die Blätter Stufe für Stufe in die Dunkelheit hinabsteigen sah. Dieser Schacht diente hauptsächlich der bequemen Entnahme des Papiers, ganz gleich, ob der Halter nun randvoll oder beinahe leer war. Ohne diesen Eingriff gäbe es immer wieder ärgerliches Gefummel, man verknickte womöglich die folgenden Bögen, und das zerstörte beim nächsten Öffnen die Wirkung. Sein Kästchen würde eher den Charakter einer Schmuckschatulle oder eines Reliquiars bekommen, und das entsprach auch irgendwie der Kostbarkeit des Papiers, seinem frischen Frühlingsduft, der unvergleichlichen Zartheit, wenn man es zwischen den Fingern rieb; dabei war es doch gleichzeitig von erstaunlicher Festigkeit und auf der Haut hinterließ es das Gefühl einer rasch einziehenden Cremelotion.

Trotz des Regens saß auf der gegenüberliegenden Seite hoch oben über dem Fluß die Loreley entblößt auf ihrem Felsvorsprung und summte leise. Weiter links sah

Heinrich zwei nasse Fahnen schlaff die Masten herunterhängen, ab und zu riß eine kurze Böe sie mit.

Das Material für den Halterkern bereitete ihm zur Zeit noch Kopfzerbrechen. Vermutlich liefe es all seinen Bedenken zum Trotz am Ende doch auf einen edleren Kunststoff hinaus, denn die Box müßte sowohl luftdicht verschließbar als auch unempfindlich gegen permanente Feuchtigkeit sein. Der Vorstand würde sicher auf farblichen Varianten bestehen, was unter rein wirtschaftlicher Rücksicht wahrscheinlich vernünftig war. Wobei das leuchtende Weiß, das selbstvergessene Spiel des Lichts auf dem Oberflächenrelief in einem blauen oder grünen Umfeld natürlich weitgehend verloren ging. Manchmal beschlichen ihn auch Zweifel, ob der Kunde neben dem normalen Rollenhalter überhaupt noch einen zusätzlichen Kasten in seinem Badezimmer akzeptieren würde. Möglicherweise müßte man eine Kombination aus beidem entwickeln. Aber letztlich waren das lösbare Probleme. Er hatte die Sache im Griff. Weshalb sollte Assmann den Zuschlag erhalten, der hatte sich doch bisher kaum mit dem Projekt befaßt.
Die Beseitigung der verbliebenen Unklarheiten konnte er gleich morgen in Angriff nehmen. Er würde Millimeterpapier kaufen, Bleistifte, Tuschfüller, Zirkel. Lineale, Winkel und schon morgen abend erste Skizzen machen, später, zuhause, genaue Entwürfe, maßstabsgetreue Pläne, Detailzeichnungen von Aufhängern, Scharnieren - er konnte doch zeichnen. Als Junge hatte er gern und viel gezeichnet, exakte Studien nach der Natur, und Schwager Jonas - der war

Kunstlehrer - bescheinigte ihm sogar einige Begabung. Er würde verschiedene Materialproben besorgen und noch eine Umfrage bezüglich des Doppelhalters veranlassen, und dann, wenn alles vollständig wäre, in drei Monaten vielleicht, würde er Assmann seine eigenen Argumente vor der versammelten Chefetage um die Ohren schlagen: `Glauben Sie denn allen Ernstes, Herr Doktor Assmann, wir könnten, wie Sie das vorgeschlagen haben, unserem Papier eine Aura des Besonderen, Exclusiven, ja so etwas wie aristokratisches Flair verpassen und dem Kunden gleichzeitig Ihre modisch aufgemotzte Tupperdose als Wandhalter anbieten? Da verkoppeln Sie dann doch wohl, um in Ihrer Diktion zu bleiben, die falschen Produktimages.´ - Er war aufgestanden und sah mit durchdringendem Blick in die Runde. Seine Gesten hatten jetzt jene Entschiedenheit, die Gefolgschaft einfordert. Assmann schwitzte, schwieg und trommelte unter dem Tisch auf seinem Oberschenkel. Dr. Kronberg schaute nachdenklich, sein Gesicht ließ aber bereits Zustimmung erahnen. Heinrich setzte zum Todesstoß an: `Ich meine, wenn wir uns entscheiden, `Prosan feucht classic´ zu einem Synonym für Lebensqualität aufzubauen, dann müssen wir das auch konsequent tun. Oder aber wir lassen alles beim Alten und verkaufen auch in Zukunft einen ordinären Hygieneartikel - plus Kinderspielzeug. Beides gleichzeitig geht nach meinem Dafürhalten jedenfalls nicht.´

Eine Woge des Beifalls brandete heran, geritten von einer murmelnden Gischt aus `Vollkommen richtig´, `Absolut plausibel´, `Genau so´, sprühte an ihm hoch und

durchdrang doch nur von fern das Surren des Kreisels in seinem Kopf. Einhellig sprachen sich der Vorstand, die Abteilungsleiter - Assmann natürlich ausgenommen - und sogar Egon Kimmel, der Vorsitzende des Betriebsrats, für seine Konzeption aus. Ein letztes Wort noch, ein Versprechen, obwohl ihm die Knie zitterten: `Meine Herren, Frau Verhülsdonck, ich danke Ihnen für Ihr Vertrauen. Ich werde alles in meiner Macht Stehende tun, um Sie nicht zu enttäuschen.´-
„Hier noch jemand zugestiegen, die Fahrausweise bitte."

6. Die Japaner

Der unerwartete und völlig deplazierte Zwischenruf ließ ihn hochschnellen und dann zusammenfallen, wie ein hinterrücks angesetzter Nadelstich. Alle Blicke richteten sich auf ihn. Und wenn er sie irgendwo verloren hatte? Er durchwühlte hastig seine Mappe. Grinsen, Gekicher. Die Lehrerin schüttelte verständnislos den Kopf: `Heinrich, ich sehe dein Heft nicht. Geh mal zur Tafel und rechne Aufgabe drei vor, damit du dich wieder beruhigst.´ - Wo war denn sein Heft? Er hatte doch aufgepaßt. Er hatte doch im Moment noch ein Ergebnis verbessert. Henno drehte sich um und streckte ihm die Zunge raus. Jedenfalls war es nicht auf den Boden gefallen. Unter der Bank griff er in einen frischen Kaugummi, ekelte sich und wischte seine Hand an der Hose ab. `Glühohren Heini´, wisperte es herüber, `Leuchtturm´ - `Wird das heute noch was, Heinrich?´ - Er klopfte sein Jackett ab, nestelte am Mantel herum. Je dringlicher man etwas suchte, desto sicherer fand es sich dort, wo man als letztes nachsah. Irgendwo mußten sie schließlich sein. Beim Abschied hatte Frau Saibling ihn doch extra gefragt, `Ihre Fahrkarten haben Sie eingesteckt, Herr Grewent? - Schauen Sie zur Sicherheit lieber nach, nicht, daß Sie nachher ohne dastehen.´

- „Entschuldigen Sie bitte. Ich hab´s gleich. Sekunde."
- „Lassen Sie sich Zeit", sagte die Schaffnerin. Und nach einer Pause, „Das ist ein Wetter heute - zum Davonlaufen."

Er mochte ihr Gesicht unter der roten Kappe.

- „Ja", sagte Heinrich und lächelte zurückhaltend, als er ihr den Umschlag mit den Karten gab, „Es regnet sich richtig ein."
- „Sie wissen, daß Sie Fahrscheine für die erste Klasse haben?"
- „Schon, aber dann müßte ich mit dem ganzen Gepäck... und - so gesehen - ich sitze hier doch gut. Ich kann doch hier sitzen bleiben, oder?"
- „Selbstverständlich können Sie auch sitzen bleiben. Wie Sie wollen."
Heinrich hätte sich gern länger mit der ausgesprochen sympathischen jungen Frau unterhalten, ihr von seiner Arbeit erzählt, weshalb er heute nach Hamburg fahren mußte, und daß es ums Ganze ging. Ob sie jeden Tag dieselbe Strecke kontrollierte? Vielleicht wohnte sie in Hamburg und konnte ihm ein Geschäft für Zeichenbedarf empfehlen. Er bemerkte, daß sein Abteilnachbar ihr durch die Scheibe unverhohlen nachstierte. Solche Fleischerblicke berührten ihn peinlich. Durch die dünne Wand klang ihre Stimme ein letztes Mal vertrauenerweckend herüber. Er hätte zu ihr gehen können und fragen, ob sie gleich oder später noch einen Moment Zeit für ihn habe, ihm sei da etwas unklar. Er könnte sie unter irgendeinem Vorwand zum Abendessen einladen. Sicher wußte sie einen gemütlichen Italiener am Hafen mit prasselndem Kaminfeuer. Wenn es ihr heute nicht paßte, dann vielleicht morgen oder am Mittwoch. Draußen sähe man die Lichter der Schiffe auf dem Wasser balancieren, manchmal drangen die langgezogenen Klagerufe der Sirenen von fern durch die Nacht. Frachter aus Übersee liefen ein, Kreuzfahrer brachen zu tropischen

Sonnenstränden auf, die abgetakelten Masten eines alten Schoners stachen als Schattenriß in den sternenklaren Himmel... - Hirngespinste, Traumtänze. Regelrecht schwachsinnige Vorstellungen. Was sollte dabei herauskommen? Sie gäbe ihm vor den neugierig gespitzten Ohren eines vollbesetzten Abteils einen unmißverständlichen Korb. Zu Recht, wenn sie nicht leichtfertig war.

Vom Titelblatt des Heftchens, das sein Nachbar inzwischen auf den Nebenplatz gelegt hatte, strotzte ihm ein Paar ziegeneuterförmiger Brüste unter einem in den Nacken geworfenen Gesicht entgegen. Heinrichs Augen verfingen sich, ohne daß er es wollte. `Siebzehn Jahr, blondes Haar´ dudelte eine verkratzte alte Platte in sein Ohr, immer wieder diese Zeile. Er müßte Gerda anrufen. Seine Augen nahmen sich zusammen, hasteten weiter, versuchten den Mann, der das Machwerk gekauft hatte, einzuschätzen. `Siebzehn Jahr, blondes Haar.´ Kreuzten für einen Moment dessen Blick, in dem stand, daß ihm Heinrichs Verweilen bei dem Mädchen durchaus aufgefallen war, der zu einem Lächeln unter Männern ansetzte und ihm daraufhin womöglich sogar das Blatt anbieten würde, um ein anerkennendes `Nicht übel, was´ auszutauschen. Und wie sollte er dann, ohne den anderen bloßzustellen, klarmachen, daß er an der Lektüre nicht interessiert sei, beziehungsweise zumindest...- Er wollte ihn keinesfalls vor den Kopf stoßen und den Rest ihrer gemeinsamen Fahrt Feindseligkeiten parieren müssen. Doch bevor es soweit kommen konnte, hatten sich seine Augen längst endgültig und mit Gewalt befreit, waren in die Landschaft geflüchtet, und irrten auf wilden Felsformationen hin und her, kletterten in mühselig befestigten Wingerten, stolperten über unterspültes Wurzelgeflecht, stürzten einen Steilhang hinab in den Fluß, schwammen, schluckten Wasser, gingen unter, strampelten, bis am Rande des Fensters die Marksburg auftauchte, seine frühere Lieblingsburg, die hoch und uneinnehmbar über dem Fluß wachte, alle Belagerungen nahezu unbeschadet überdauert hatte und die dann im vergangenen Jahr doch beinahe gefallen wäre, aufgegeben und geschleift, als die Japaner sie hatten kaufen wollen, Stück für Stück verschiffen, um sie schließlich hinter Kyoto, Tokio oder Osaka in einem Europapark wieder aufzubauen, Beutegut eines neuen Feldzugs, Trophäe der eroberten Märkte, ein Geschenk vom Statthalter der Rheinprovinz an den Tenno. Wehe den Besiegten: Das waren diesmal er selbst, früher oder später die Firma `Prosan Hygienepapiere AG´, das Abendland. - Hinter der Burg auf dem Bergrücken ragten die drei Ziegelschlote der Braubacher Bleihütten in den Himmel, als seien sie dort vergessen worden: Aus den Stollen wurde seit Jahren nichts mehr gefördert. - Kurioserweise hatte Heinrich als Junge in der Rüstkammer einer dieser Rheinburgen beim Anblick eines angestaubten Samuraiharnischs, der schwarz und drohend etwas abseits der ungelenken, hochglänzend gewichsten Blechkameraden stand, zum ersten Mal die wahnsinnige Gefährlichkeit dieser neuen alten Streitmacht gespürt. Keiner der tumben Ritter mit ihren Zweihändern hätte gegen den blitzschnellen Eindringling je eine Chance gehabt. Das unscheinbare Loch inmitten eines kleinen Kraters auf Höhe des Schlüsselbeins, der Riß bei der Schulter, zwei Fingerbreit, zeugten vom Ende: wie der Bolzen einer Armbrust mit voller Wucht eingeschlagen war, wie ein mächtiger Hieb den Panzer hatte aufplatzen lassen, knirschend als zerträte jemand einen fetten Käfer. Das Eisen des Helms, in dem sein sauber abgetrennter Kopf noch stak, schepperte auf die Steinfliesen, ehe Graf Bodo den Totschläger überhaupt hochgewuchtet hatte. Einem Rudel Flughunden gleich sausten die schmalen japanischen Schwerter durch die Luft und trafen punktgenau. Des Grafen Gefolgsleute ließen bei der Nachricht vom Tod ihres Herrn alle Hoffnung fahren und polterten in heilloser Flucht Wendeltreppen, Wehrgänge, Rampen und Böschungen hinunter. Mit aufgeblendeten Stirnleuchten stürmten drei Dutzend Bergleute durchs Tor, ein letztes Aufgebot. Nur notdürftig mit Schlegeln, Brechstangen, Preßlufthammern und dem irren Mut der Verzweiflung bewaffnet, wurden sie nach kurzem Gerangel hingemetzelt. Die Gemächer der Frauen konnten nicht mehr geschützt werden. Die Frauen fielen den Siegern in die Hände. Die Frauen gehörten immer den Siegern. - Um ihre Ehre zu retten, warf sich die Schaffnerin aus dem fahrenden Zug. Als die blutrote Sonne im weißen Morgendunst über dem Bergfried aufgezogen wurde, drang die Vorhut der fremden Truppen bereits in das Fernsehstudio ein und fiel im zuckenden Flashlight über die kreischende Sandra aus Griechenland her. Rücklings warf der Kommandeur sie auf die Plexiglasbühne und verging sich vor laufenden Kameras. Der Regisseur bewies Geistesgegenwart und unterbrach die Übertragung nicht. Schnitt: Nahaufnahme. Auch der Moderator fand seine Fassung rasch wieder und kommentierte aufgeregt, was das ganze Land jetzt im Detail sah, ohne allerdings die eigentliche Tragweite des Geschehens zu begreifen. Seine Assistentin, deren schwarze Nylonstrumpfhose eine breite Laufmasche davongetragen hatte, kauerte im Frack mit roter Nelke am Revers bislang unentdeckt hinter einem azurblauen Paravent. Ihr Zylinder war die Treppe heruntergekullert und vor einer Kunstpalme im Sandstrand liegengeblieben. Die Kameraleute filmten unter Einsatz ihres Lebens. Das Publikum kreischte. Totale. Hinter der Tribüne krachte, als die Trennwand kurz gefährlich wankte, ein fetter Schriftzug zu Boden. Sperrholzkulissen barsten. Irgendwo hörte man Glas splittern. Die Scheibe war flach auf die Erde geknallt, und ihre Scherben lagen da wie ein auseinandergerutschtes Puzzle. Nach der Explosion mehrerer Scheinwerfer senkten sich dünne Rauchschwaden ins Bild, Teile des Zuschauerraums hatten sich unter einem bangen Aufschrei verfinstert. Kamera drei: Vergeblich versuchten Claire aus Belgien und Sandy aus Schottland dem Alptraum zu entfliehen. Sandy stürzte, als ihr der linke Absatz brach. Schwenk: Alle Ausgänge waren von Schwertmeistern besetzt. Sandra war, nachdem der Hauptmann von ihr abgelassen hatte, wimmernd und tränenüberströmt in einer Ecke zusammengesackt. Es konnte sich aber im Moment niemand um sie kümmern. - „Meine Damen und Herren in wenigen Minuten erreichen wir Koblenz Hauptbahnhof." - Das blonde Mädchen mit den gewaltigen Brüsten hatte sich offenbar in Sicherheit bringen können und lächelte ihm immer noch zu. Er würde sie schützen, komme, was wolle. Lächelte, als meine sie tatsächlich ihn. Mit Klauen und Zähnen. Lächelte jungmädchenhaft. Notfalls mit seinem Leben. Aufreizend. Keck. Wie ein Löwe. Strich sich eine lange Strähne aus dem Gesicht. Schob die Hüfte vor, nahm sich scheinbar verschämt zurück. Lachte schallend auf, spitzte die wulstigen Lippen. Kußmund. `Keine Angst, die will nur spielen.´ Streckte ihm ihre festen Arschbacken zum Greifen entgegen. Sie wollte Liebe mit ihm spielen. Mit ihm, Heinrich, einem verheirateten Mann. Ehebruch begehen. Unzucht treiben. Gewissenlos. Ihrer Sinne froh. Nicht wie Gerda, die dauernd Kopfschmerzen vorschützte, müde war, überarbeitet, mißmutig. Und samstags oder sonntags lag sie reglos auf dem Rücken und ließ ihn gewähren. Schwarze Balken schossen durchs Bild. Er war ein Schwein. Graue Streifenblöcke, vibrierende Stangen. Farbflecke. Irrlichter. Dann Flimmern und ein schriller Ton als quietschten Bremsen.

7. Gerda

- wie sie an dem zinnober lackierten Mensatisch saß und lustlos in Bechamelkartoffeln stocherte. Ein Gesichtchen bloß hinter der bauchigen Hornbrille. Ihr Blick hatte sich im Liniengewirr der PVC-Platten verheddert. Er sah sie zum ersten Mal. Weiche Locken dunkelweizenblond, irgendwie aus dem Schnitt: Sie ließ sich die Haare wohl gerade wachsen und aß allein. Steif, in ihrer eierschalfarbenen Bluse, dem strengen marineblauen Rock. Ihre hängenden Schultern vielleicht, weil alles neu war und unausgesprochen feindlich. Sicher fühlte sie sich verloren auf dem weiten unübersichtlichen Campus. Vermutlich kannte sie kaum einen, das Semester hatte gerade erst begonnen.
(Ihre schöne Wehrlosigkeit.)
`Ausgangspunkt der Wirtschaft sind die menschlichen Bedürfnisse. Diese Bedürfnisse äußern sich wirtschaftlich in dem von den Nachfragern formulierten Bedarf.´ - Er hatte Wesseling gehört, `Einführung in die allgemeine Volkswirtschaftslehre´, und wollte während des Essens seine Notizen aufarbeiten. Sonst vergaß er die Hälfte sofort wieder.
Gerda am Kaffeeautomaten. Sie goß unendlich lange Milch. Ruhig, aufmerksam und ohne jede Eile. Das hektische Durcheinander der Stimmen bündelte sich zu einem gleichförmig gebogenen Strahl. Verstummte. Ertrank lautlos in ihrer Tasse.
Er hatte sich mit seinem Tablett zwei Tische weiter gesetzt, obwohl dort lediglich einer, bei ihr jedoch drei

Plätze frei gewesen waren: Auf keinen Fall sollte sie ihn aufdringlich finden. (Ob sie irgendwo einen Freund zurückgelassen hatte?) Nur einen schmalen Goldring mit Perle am rechten Mittelfinger blätterte sie versonnen in einer Kladde, hatte darüber den Kaffee schon wieder vergessen, so daß er mit der vielen Milch fast kalt sein mußte, als sie den ersten Schluck nahm. Ohne Zucker.
`Merksatz: Wirtschaften heißt, das Spannungsverhältnis zwischen Bedürfnissen und knappen Gütern soweit wie möglich zu verringern.´
(Wie spricht man ein Mädchen an?)
Er schlief schlecht, weil er ihr Gesicht nicht festhalten konnte. Einmal sah er kurz ihre Augen, versuchte hastig, die Wangenpartie zu ergänzen, da schaute ihn bereits jemand anderes an. Permutationen. Phantombilder. Wegdämmern. Welches Maß für die Schwere eines Herzens während man sich seufzend vom Rücken auf die Seite wälzt, schwitzt, den Schlafanzug auszieht, die Decke fortstößt, aufsteht, sich mit an den Bauch gezogenen Beinen auf den Schreibtisch hockt, aus dem Fenster starrt. - Eine trübgelbe Paste, von gleichgültigen Laternen lustlos abgesondert, hing dick auf der nächtlichen Stadt und übertünchte auch den hellsten Stern. `Allein und abgetrennt von aller Freude´- weiter wußte er nicht, ohnehin hatte sein vages Sehnen nur zu einer Vierplus gereicht. Schlotternd, mit feuchtkalten Füßen, die wurden auch nicht mehr warm in dieser Nacht, war er ins Bett zurückgekrochen, hatte den Kopf in die Kissen gegraben, daß endlich Ruhe herrsche und Dunkelheit, vielleicht fände er sie dort.
Bestimmt hatten ihr die Bechamelkartoffeln nicht

geschmeckt. -
`Meine Damen und Herren: Wenn wir jetzt die verschiedenen Elemente des Produktionsplanes betrachten, so haben wir auf der linken Seite die Kosten (K), zusammengesetzt aus den Faktorpreisen (q) und den Faktormengen (r)...´ - Welche Form hatten ihre Brauen?

- `Entschuldige, kann es sein, daß ich dich von irgendwo kenne?´
- `Du hast jetzt erst angefangen, oder? Ich hab dich hier noch nie gesehen.´
- `Und was studierst du?´

Durch die Glastür sah er sie schon von weitem. Ihretwegen hatte er anderthalb Stunden auf einem unbequemen, abgewetzten Kunstledersofa im Foyer gesessen, zweimal den Lokalteil der Allgemeinen von gestern gelesen - sonst lag nichts aus -, denn wie jeden Donnerstag wurden heute die Essensmarken für die nächste Woche verkauft, da käme sie vielleicht. Und woher sollte sie wissen, daß er nicht auf einen Kommilitonen wartete, wenn sie ihn überhaupt bemerkte, was unwahrscheinlich genug war.
Der Zivildienstleistende an der Kasse, ein arroganter Fatzke, der es originell fand, in einem dunkelbraunen fadenscheinigen Tweedanzug mit grellbunter Kravatte aufzutreten, gab irgendeine charmant gemeinte Peinlichkeit von sich, als er ihr die Märkchen durchreichte. Später sagte Gerda auf seine Frage, ob sie den näher kenne, nein, sie kenne ihn auch nicht näher, aber es sei dort in der Pforte auch eine Zimmerver-

mittlung und - Robert heiße er, wenn sie sich recht entsinne - Robert habe ihr bei der Suche sehr geholfen. - Ihm blies Robert demonstrativ eine volle Ladung Rauch ins Gesicht.
Beinahe zufällig stand er dann an der Essensausgabe hinter ihr, schaute durch die Gegend, nickte von fern jemandem zu, der sollte ihn jetzt um Gottes Willen in Ruhe lassen (Wer denn noch?), fragte die Köchin wie einer, der sich auskennt, was es den Gutes gebe, dabei roch der ganze Bau penetrant nach Rotkohl; dazu gab es selbstredend Bratwurst.
- `Das Essen ist hier besser als in der großen Mensa.´
- `Ja? Ich war noch nicht so oft hier.´
- `Doch, kann man sagen ... also normal schon, wobei es kommt natürlich immer drauf an... je nachdem... - Wie heißt du?´
- `Gerda.´
- `Hast du was dagegen, wenn ich mich zu dir setze?´
- `Nein, wieso?´
- `Ich heiße übrigens Heinrich.´
Darüber wurde es Winter: Tags darauf sah er sie beim `Sorbas´ mit einem Mann so gelöst und vertraulich plaudern, daß er davon ausgehen mußte, der sei ihr Freund und zum Wochenendbesuch gekommen. Dabei paßte er mit seinem ungepflegten roten Bart, der ausgewaschenen Jeans überhaupt nicht zu ihr. Außerdem zündete er sich eine Zigarette nach der anderen an und trank unmäßig Rotwein.

Gerdas Haus, Am Gansfeldstecken 10a, rechteckig, grob, ein unförmiger Klotz, der in der Mitte über dem Eingang, wo die Treppe hinaufführte, von einem breiten Streifen Glasbausteinen geteilt wurde. - Ihre Vermieter hießen Klemperer, hatten Besuch nach zweiundzwanzig Uhr ausdrücklich verboten, und Frau Klemperer kontrollierte, wenn Gerda am Wochenende ihre Eltern besuchte, ob das Zimmer vorschriftsmäßig geputzt war.

An diesem Abend Anfang Januar hatten sie sich bei einem Studium-generale-Vortrag getroffen, `Christliches Menschenbild und Marktwirtschaft´ - unverabredet -, und da sie beide allein gekommen waren, erbot er sich, sie nach Hause zu bringen. Gerda wirkte sehr erleichtert, sie wußte nicht recht, ob sich eine junge Frau nachts gefahrlos durch die spärlich beleuchteten Straßen trauen konnte.

Auf dem schmalen Bürgersteig stießen ihre Ellbogen von Zeit zu Zeit aneinander. Zweimal drängte sie ihn so nah an die Bordsteinkante, daß er einen Augenblick glaubte, dahinter stecke Absicht. Im selben Moment fand er den Gedanken absurd. Trotzdem blieb er derart mit Beobachtung und Analyse der zufälligen Berührungen beschäftigt, daß er kein vernünftiges Wort herausbrachte. Aber Gerda erzählte munter drauflos: Von ihrem älteren Bruder Jonas, der Maler werden wolle, was für ihre Eltern natürlich ein Schock gewesen sei, für Vater zumal, der es auch am Herzen habe, worüber sie sich große Sorgen mache, daß sie neulich den `Weißen Hai´ gesehen habe und vor Angst fast gestorben sei und daß sie sich sehnlichst wieder einen Goldhamster wünsche - sie hätten früher immer einen gehabt -, Frau Kemperer ihr jedoch beschieden habe, Viehzeug käme ihr auf gar keinen Fall ins Haus, `Katakorisch nein, Fräulein Poschmann!´,

darüber lachte Gerda, `Weißt du, Frau Klemperer hat es nicht so mit Fremdwörtern, neulich wollte sie ihren Kies legalisieren...´
Heinrich lachte kurz mit, um dann wieder stumm der leicht rheinisch gefärbten Melodie ihrer Stimme zu folgen, bis sie ohne ersichtlichen Grund abbrach. Da mußte er sich erst ihren letzten Satz zurückrufen. `Hier wohne ich übrigens´, womit er so schnell doch gar nicht gerechnet hatte, - `und Danke fürs Bringen´, rief sie noch, winkend und schon halb in der Tür. Durch die Glasbausteine verwackelt sah er ihren Schemen die Treppe hinaufsteigen.

Auch wenn Gerda ihn nicht noch auf einen Tee oder Wein zu sich eingeladen hatte, war er froh, jetzt endlich zu wissen, wo sie wohnte, wohin er seine Tagträume und Nachtgebilde aussenden sollte, wohin die gierigen Spatzen auf seinem Sims schicken, denen er täglich Brotkrumen hinstreute, möglich, daß Gerda eine Futterkugel aus Schmalz und Körnern ins Fenster gehängt hatte, dann sah sie vielleicht dieselben Vögel wie er, der Weg von seinem Wohnheim zu ihrem Haus war nicht weit, Luftlinie gut dreihundert Meter, nur ein kurzer Vogelflug, daß sie es von den Dächern pfiffen, ein Katzensprung, wenn nachts alles grau war, ein Steinwurf, ein Schlagschatten, der konnte lang werden unter der tiefstehenden Wintersonne und unüberbrückbar unter dichten Wolken (ein Schatten von was?).

Dennoch wechselte er von Kaisers Markt in der Kirschensteinerstraße zum coop im Münchfeld, der lag näher bei ihr, und für ihn machte es fast keinen Unterschied. Eine bessere Idee hatte er nie gehabt.

Durch die trübe Luft zog der süßliche Geruch angefaulter Kohlstrünke. Seit der vergangenen Nacht hatte die dichte Schneedecke zu gammeln begonnen. Größere Krähenverbände machten sich über hellgrüne Schößlinge her und flogen krächzend auf, wenn jemand zu nah herankam, oder auch grundlos. Einer schauten sie längere Zeit zu, wie sie immer wieder mit einer Walnuß im Schnabel hochstieg und die Nuß dann auf den asphaltierten Weg fallen ließ.
Den ganzen Morgen über hatte er gefürchtet, Gerda würde wegen des Wetters kurzfristig absagen. Wenn auf dem Flur das Telephon klingelte, erschrak er, `Bei dem Niesel hab ich eigentlich keine große Lust, Heinrich, laß uns das doch auf einen anderen Tag verschieben, wenn's wieder schöner ist.´
Viermal hatte er sie bis dahin im Supermarkt gesehen. Die ersten beiden Male war er jedoch auf eine Begegnung überhaupt nicht gefaßt gewesen und, als sie auftauchte, verstohlen zwischen den Regalreihen hin und her geschlichen, damit sie ihn gar nicht erst bemerkte. Also hatte er sich zwei, drei Sätze zurechtgelegt, und prompt erschien sie dreieinhalb Wochen nicht. Beim dritten Mal war er dann geradewegs auf sie zumarschiert, sie sprachen ein wenig über dies und das, augenscheinlich freute sie sich aber, ihn zu sehen. Schließlich am Mittwoch - das war ein klarer kalter Tag gewesen, und vorher hatte es reichlich geschneit - nahm er allen Mut zusammen und lud sie zu einem Sonntagsspaziergang durch die Felder und Gärten hinter der Stadt ein: `Ullrich - den kennst du doch - Ullrich und Beate gehen vielleicht auch mit.´ - Das war zwar gelogen,

gleichwie, sie konnten ja überraschend zu ihren Eltern gefahren sein. Gerda fand die Idee wunderbar, sie hatte in diesem Winter noch gar keinen Schneespaziergang gemacht und liebte Spaziergänge über alles, `aber bis jetzt lag ja auch noch kaum Schnee, jedenfalls nicht für länger.´ - `Der Ullrich ist sehr nett, mein bester Freund. Und Beate, mit der verstehst du dich bestimmt.´

Als er, wie verabredet, um halb drei läutete, hörte er sie die Treppe hinabspringen, die letzten fünf Stufen in einem Satz, dann stand sie vor ihm, strahlend, unter einer dicken violetten Strickmütze und spannte den Schirm auf. Matsch. Wo der Weg nicht asphaltiert war, versank man im Matsch. Seine dünnen Ledersohlen hatten längst jeden Widerstand aufgegeben. Mit völlig durchnäßten Socken stapfte er neben ihr her, bei jedem Schritt schmatzte es laut und obszön aus seinen Schuhen. Nach Beate und Ullrich hatte sie gar nicht gefragt.

Sie gingen am Bach entlang, der war von den Rändern her vereist, schichtweise, mit eingeschlossenen Blasen, eingeschlossenem Schnee, halbverrotteten Binsen, abgestorbenem Schilf, aber es taute jetzt, und an vielen Stellen sprudelte das Wasser aufgeschäumt übers Eis, durch das schwarzbraune Röhricht, bildete kleine Strudel und Nebenbäche, unterspülte gluckernd die Schichten, bis sie sich ablösten und forttrieben. Eine Bisamratte im Gestrüpp fettete ihr Fell und verschwand, ehe Gerda hätte aufschreien können - bestimmt hätte sie geschrieen. Lange standen sie unter den herabhängenden Zweigen einer mächtigen Weide, lehnten sich übers Geländer, und Gerda hatte sogar einmal ins Wasser gespuckt. Er warf Steinchen. Ihre Hand in dem dunkelblauen Fingerhandschuh berührte wiederum wie zufällig seine, als wenn sie die nicht in die Manteltasche hätte stecken können. Dann hatte er die Hand einfach genommen, ohne ein Wort, ohne sie anzusehen, und Gerda hatte es zugelassen. Das Leder fühlte sich sehr weich an und sehr warm. Er hielt sie nur fest. Kein Tasten, kein vorsichtiges Streicheln. Er würde sie nie mehr loslassen. Auch Gerda sagte nichts. Irgendwann, nach fünf Minuten, nach einer Viertelstunde - Zeit, die sich dehnte, stillstand, verflüchtigte, irgendwann riß sie ihre Hand mit einem Ruck weg. Er hätte einsinken mögen in den feinen tiefen Morast unter sich, vom Bachschlamm verschluckt werden, sich auflösen, wie die fortgeschwemmten Eisschollen in Schmelzwasser und Schwebstoffe. Vermutlich hatte er knallrote Ohren bekommen, jedenfalls schien ihm sein ganzes Gesicht wie entzündet, Hautfeuer, Porenbrände, eilfertig wollte er sich für seinen Übergriff entschuldigen, aber die Zunge war gelähmt, die gelähmte Zunge ließ sich nicht bewegen, ein Knebel aus geschwollenem Fleisch in seinem Mund, er kaute auf einem unförmigen Fleischkloß herum, schmerzhaftes Mahlen des Unterkiefers, ein Backenkrampf, er redete tonlos wirres Zeug, schieren Blödsinn. Dann hatte sie plötzlich den Handschuh abgestreift und ihre nackte Hand in seine gelegt. Und ihn angelächelt. Ein bißchen verschmitzt sogar. Und die Sonne war behutsam durch den dicken Nieselbrei gekrochen. Oder es hatte auch nur den Anschein gehabt. Er nahm das durchbrechende Licht als Zeichen. Als ihr Zeichen.

Abends beim Abschied hatte er sie geküßt. Zunächst auf die Wange. Dabei traf er ihre Brille unglücklich, so daß sie von der Nase rutschte. Eine Woche später küßte er sie auf den Mund. Sie mußten beide erst lernen. Noch später streichelte er ihre Brüste, es gefiel ihr, aber weiter wagte er sich nicht vor.

Erste Besuche bei den Eltern wurden vereinbart, ein Verlobungstermin. In der Zeit blieb Gerda vor jedem Schmuckgeschäft stehen, um die Trauringe anzuschauen, freute sich vor jeder Brautboutique an den weißen Kleidern, und er mußte sagen, welche Ringe er kaufen würde, und welches Kleid er am schönsten fand. Sie hatten einen ähnlichen Geschmack.

Vor der Hochzeit gab es Streit, weil seine Eltern irgendwelche Bekannten einladen wollten, die er nicht mochte und von denen er meinte, daß sie auf seiner Hochzeit auch nichts zu suchen hätten. Er setzte sich durch, und Gerda bewunderte ihn dafür ein wenig, obwohl oder gerade weil sie aus Angst vor einem handfesten Zerwürfnis versucht hatte abzuwiegeln. Am Tag der Hochzeit schienen aber alle wieder versöhnt.

Er war glücklich, daß sie jetzt ganz zusammengehörten, trotz kleinerer Anfangsschwierigkeiten, die verlören sich später von selbst. Ein halbes Jahr zuvor hatte er sein Diplom bestanden und gleich bei Prosan anfangen können, in einer für ihn als Neuling sehr gut bezahlten Position. Gerda begann mit dem Referendariat. Die Wohnung, in die sie zuerst gezogen waren, lag nicht weit von ihrem Weg entfernt, und sie gingen ihn damals oft, jeden Sonntag, wenn das Wetter es erlaubte, aber auch unter der Woche an schönen Abenden. Gerda liebte Erinnerungen. Jetzt stand ihr Haus allerdings am ganz entgegengesetzten Ende der Stadt. Es mußte Monate her sein, vermutlich über ein Jahr, daß sie sich zuletzt die Mühe gemacht hatten, den Weg zu besuchen. Dabei war es mit dem Wagen gar nicht besonders aufwendig.

8. Mädchen

Bonn. Geschrei und Gezeter. Niemand hatte mit einem erneuten Überfall gerechnet. Jeder Widerstand war zwecklos. Binnen Sekunden Dreckschlieren auf dem Gang, vom Regenwasser gelöste Erde in Form verschiedener Turnschuhsohlen, die Contigummiprofile stanzten Schlamm. Entsetzen, Ohnmacht. Rucksäcke schabten gegen das Türglas, nasses Haar hinterließ auf der Scheibe einen flüchtigen Abklatsch. Die Tür wurde fast aus ihrer Halterung gedrückt. Dann wieder kurze Stöße, Gerangel: Jede wollte den ersten Platz oder hatte im Tumult ihre beste Freundin verloren, die war schon weiter vorn und vergaß vielleicht freizuhalten oder konnte sich gegen stärkere nicht durchsetzen. Vor Aufregung rot gefleckte Gesichter, wilde Blicke, knappe Bösartigkeiten. Als die Tür plötzlich aufgerissen wurde, drang der Geruch von feuchter Wolle und Ölzeug herein, die überhitzten Körper darunter verströmten Adrenalinschweiß. Einzelne Mütter winkten auf dem Bahnsteig, den kleinen Bruder im Arm, klopften ans Fenster, aber die guten Wünsche und letzten Mahnungen blieben unverständlich, sie interessierten jetzt auch niemanden. Zwischendrin erhob sich vom Eingang her drohend und zur Beruhigung die entschiedene an Lautstärke gewöhnte Stimme der Lehrerin, „Bitte weitergehen, ohne zu drängeln, Anne und Nicole, das gilt für euch genauso. Alle bekommen einen Sitzplatz, wir haben reserviert." - „Ist hier frei", was sollte er sagen, sein Abteilnachbar war samt Heftchen ausgestiegen, er saß allein, aber eine Antwort wurde ohnehin nicht erwartet, - „Können Sie meinen Koffer da hoch..." - er konnte und half auch den beiden anderen - „So. Bitte." - Da redeten sie längst schon, als gäbe es ihn gar nicht. Das Mädchen neben ihm war hübsch, vielleicht dreizehn - erste Wölbungen zeichneten sich unter dem Pullover ab - dem Gerede nach aber noch ganz Kind. Viola fiel ihm ein. Möglicherweise auch nur noch halb Kind. In diesem Zwischenbereich. In einem schwierigen Alter, wie Vater sagte. Die Lehrerin würde es wissen, sie konnte ein Lied davon singen. Ihm fehlten die Kriterien. Außerdem hatte es keine Bedeutung. Viola, das Veilchen. Ihr langes Gesicht, die unsäglich dünnen Haare, immer strähnig, immer fettig. Viola war damals sieben, er zwei Jahre älter. Er hatte sie geliebt, oder was auch immer, irgendwie hatte seine Empfindung jedenfalls der Liebe ähnlich gesehen. Obwohl sie strohdumm gewesen sein muß, später kam sie auf die Sonderschule, er verlor sie aus den Augen. Das Mädchen hier hatte schöneres Haar, bloß wegen der Nässe wirkte es ungepflegt, aber es würde bestimmt rasch trocknen. Und dieselbe blasse durchscheinende Haut, wie Butterbrotpapier. Wenn sie sich ruhig verhielten, konnten sie Seinethalben bleiben. Es gab noch viel Arbeit, da brauchte er dringend Ruhe, und er wußte nicht, wohin sie fuhren. Möglicherweise weit. Unter Umständen sähe er sich gezwungen, ihre Lehrerin zu informieren, was im Zweifel nichts fruchtete, denn mit der Erziehung war es im letzten Jahrzehnt stark bergab gegangen, da teilte er im ganzen Vaters Ansicht. Gehorsam zählte nicht mehr. Er hätte sich doch besser in die 1. Klasse gesetzt. Natürlich konnte er auch jetzt noch

aufstehen und seine Sachen zusammenpacken, aber die Mädchen müßten denken, es sei ihretwegen und wären vielleicht verletzt. Keiner konnte Viola leiden, und er verbarg seine Liebe, so gut es ging. Ihre Eltern galten für minderbemittelt, verkommen, arbeitsscheu, die Zahl ihrer Kinder war groß und unbekannt, Mutter sagte, die Kinder stellten sie Haupteinnahmequelle der Familie dar, sie lägen samt und sonders dem Staat auf der Tasche und damit natürlich auch ihnen persönlich. Alle landeten früher oder später auf der Sonderschule, und die älteren gammelten danach genauso, sie hatten ja nichts anderes gelernt. Manchmal stand einer an der Hauptstraße beim Autostop, aber nie hätte ihn jemand aus der Stadt mitgenommen. Später hatte er Viola auch einmal warten gesehen, aber er ließ Gerda nicht anhalten. Mit welcher Begründung auch. Gerda wußte von Viola nichts als das, was zuhause manchmal in Tischgesprächen über ihre Familie erzählt wurde. Wahrscheinlich hätte sie sich rundheraus geweigert. Er schämte sich der Geschichte mit ihr. Nachher schämte er sich seiner Feigheit. Wenn sie Viola mitgenommen hätten, wäre wenigstens für diesmal ausgeschlossen gewesen, daß sie einem Verbrechen zum Opfer fiel.
Die Köpfe zusammen, Geflüster hinter vorgehaltener Hand, das war zu erwarten gewesen. Prickelnde Mädchengeheimnisse, das Geständnis einer ersten Schwärmerei, Monatsblut. Dann Kichern, Albernheit, wem galt das aufreizende Gelächter so plötzlich? Blöde Gören. Er prüfte unauffällig, ob sein Hosenschlitz vollständig geschlossen war. Die Kravatte saß auch richtig, das Hemd hatte keine Flecken. Er fand beim

besten Willen nichts Komisches an sich. Wie Gerda dieses Theater jeden Tag aushielt. Und Gerdas Schüler waren noch um einiges jünger. Daß ihm beim Frühstück kein Eigelb das Kinn heruntergelaufen war, hatte er vor dem Verlassen des Hauses im Garderobenspiegel kontrolliert. Verständlich, daß sie sich überfordert fühlte. Er wollte nicht mit ihr tauschen. Jeden Tag dreißig kleine Bestien zu Menschen machen, das mußte auf die Dauer nervöse Überreizung zur Folge haben. Dazu die ständigen Auseinandersetzungen mit nörgelnden Eltern, denen es nie recht war, mit Kollegen, die alles besser wußten, und einer unberechenbaren Direktorin. Er hätte weniger hartherzig sein sollen. Womöglich hatte er ihre Belastung von seinem stillen Schreibtisch aus all die Jahre über sträflich unterschätzt. Jetzt waren die Schwierigkeiten schon beinahe unüberwindlich. Spannungen, Verwerfungen, Eruptionen. Die Platten drifteten unaufhaltsam auseinander, ein Graben war aufgebrochen und füllte sich rasch mit Wasser. Seebeben türmten gewaltige Flutwellen auf, die gegen das Land anrannten und die Fundamente des Hauses zu unterspülen drohten. Jalousien ratterten, ein Gartentörchen schlug ängstlich auf und zu, bis es aus seinen Angeln gerissen wurde. Fraglich, ob das Gemäuer standhielt. Sie hatten beim Kauf auf den Rat eines Experten leichtsinnig verzichtet. Gerda war geflohen und vorübergehend in ein abgelegenes Landhotel gezogen. Der ergraute Portier wies ihm formvollendet den Weg. Zaghaftes Klopfen. Sie empfing ihn reserviert, höflich, ohne erkennbare Gefühlsregung. Obwohl er doch nach so langer Abwesenheit zurückkehrte: ungewiß, schuldbewußt, reumütig. Und mit einem Rest Hoffnung. Er liebte seine Frau noch immer. Sie hatte ihn auch geliebt, aber es war viel geschehen inzwischen, das konnte man nicht einfach fortschrieben. Er hatte sie in der größten Not im Stich gelassen, als ginge ihn das alles nichts an, war geflohen, dabei wußte er doch, was kommen würde. Die Küstenwache hatte rechtzeitig Sturmwarnungen ausgegeben. Er räusperte sich, zupfte an seinem Ohrläppchen, woraufhin die Frau ihm einen Sessel anbot. Sie saßen in dem geräumigen hell erleuchteten Zimmer und schauten aneinander vorbei. Die Lampen aus poliertem Messing trugen luftig bemalte Seidenschirme, ein Stuckfries schloß die Wand ab. Mahagonischränke, Landschaftsbilder: Öl auf Leinwand. Schwere Samtvorhänge umrahmten Fenster und die einen Spalt breit geöffnete Terrassentür. Schwüle hing über dem menschenleeren Park, die Flut verdunstete, aber die Sonne drang nicht durch. Nach einer ausgedehnten unerträglichen Stille fielen harte Worte. Die Frau überhäufte den Mann mit Vorwürfen, ihre Sätze erstickten fast, und einige Tränen rannen die bitter angespannte Wangenpartie herunter. Der Mann wußte jetzt, daß er die Liebe seiner Frau verloren hatte. Langsam und schweigend trat er auf den mit Kristallkaraffen und Flaschen vollgestellten Barwagen zu, griff mit achtloser Selbstverständlichkeit nach einem Glas, ließ drei Eiswürfel auf dessen schweren Boden fallen, stellte die silberne Eiszange in den Kübel zurück und goß, obwohl es erst gegen Mittag ging, eine größere Menge Scotch ein. Allerdings entzündete er keine Zigarette. Schließlich wandte er sich zum Fenster, nahm einen beträchtlichen Schluck, verlor sich in den endlosen Weiten jenseits des Horizonts, atmete hörbar, während die Frau mit zusammengepreßten Knien auf der Sessellehne hockte und ihr Gesicht in die Hände grub. Dann sagte er etwas über seinen Charakter. Selbstverachtung ließ seine Stimme vibrieren. Die Frau richtete sich auf und schüttelte heftig den Kopf, ihr Blick ging ins Leere. Sie hatten einander doch geliebt, wie konnte es soweit kommen? Achselzucken, als ein Telex die Nachricht brachte, daß ihr Haus in der vergangenen Nacht von einem neun Meter hohen Brecher weggerissen worden sei. Was änderte es, die Kluft konnte ohnehin nicht mehr überbrückt werden. Der Mann würde fortgehen. Für immer. Vielleicht nach Amerika oder Neuseeland. Oder auf einem Schiff anheuern. In eine ungewisse Zukunft. Er hatte ihr Leben zerstört, die Schuld erdrückte ihn fast, würde ihn nirgends mehr Ruhe finden lassen. Abschiedsschwer trafen sich ihre Blicke. Er wollte sie umarmen, aber sie stieß ihn fort und drehte sich um. Matt und kraftlos stellte er sein halbvolles Glas auf das marmorne Fensterbrett und verließ durch die Terrassentür das Hotel. Schritte knirschten im Kies. Für einen kurzen Moment schwankte er wie von einem Schwindelanfall. Dann löste sich die Gestalt allmählich zwischen Wacholdersträuchern und Platanen im Nebel auf. Abspann. Dunkle Streicher spielten zum letzten Mal das Titellied, ein Solocello übernahm die Melodie. Als weiße Schrift zogen die Namen der Beteiligten über das Zimmer, wo die Frau in stummem Schmerz erstarrt war.

9. Garn

Als wollten sie sich aneinanderreiben. Zwei Riesenschlangen im Liebesspiel. Vielleicht der Wärme wegen an diesem lausigen Tag. Um für einen flüchtigen Augenblick den eingefahrenen Gleisen zu entkommen. Trotzdem jeden Moment auf der Hut, jeden Moment bereit, sich gegenseitig zu verschlingen. Einblicke in Innerstes, Sekunden der Schwäche werden leichtfertig vom Spiegelbild überdeckt. Auf Annäherung bis fast zur Berührung folgt sofortige Wiederherstellung der Distanz. Bleib fern von mir, ich kann dich nicht halten. Gleitendes Vor und Zurück, Anziehung, Abscheu, die Luft im Zwischenraum müßte zittern oder sich erhitzen oder aufladen. Die Erde dröhnt. Schon leichtes Streicheln zöge eine Katastrophe nach sich. Diesmal entkommst du mir noch.
- „Wir begrüßen die in Köln zugestiegenen Fahrgäste im Intercity fünfhundertsechzehn ´Klaus Störtebecker´ von München nach Hamburg Altona und wünschen Ihnen eine angenehme Reise. Den Fahrplan dieses Zuges sowie die wichtigsten Anschlußzüge entnehmen Sie bitte dem Faltblatt ´Ihr Zugbegleiter´, das an Ihrem Platz ausliegt. Weitere Auskünfte erteilt Ihnen gerne unser IC-Team. Im 1. Klasse Großraumwagen, am Schluß des Zuges, steht Ihnen ein Münzzugtelephon zur Verfügung, von dem aus Gespräche ins In- und Ausland möglich sind..."

Kann einer denn verstehen, wie alles anders wird, ohne Angabe von Gründen, wenn kaum ein böses Wort

gefallen ist lange Jahre, (und `alles´ heißt doch auch nichts und `anders´), wie etwas (oder doch `alles´), wie es eine Wendung nimmt, eine Richtung einschlägt, in deren Verlauf, der weder einsehbar wäre noch voraussagbar, Dinge zutage gefördert würden, an deren Schlußpunkt den Gesetzen von Ursache und Wirkung folgend, wozu es keinesfalls kommen durfte (Vermerk).
Wann hatte sie zum letzten Mal `Schatz, weißt du noch...´ gesagt, mit diesem seltsam kindlichen Strahlen im Blick, und wann er sich zum letzten Mal dafür geschämt, daß ihm nicht gleich eingefallen war, woran sie dachte, und trotzdem genickt, als dächte er dasselbe, um sie nicht zu kränken, weil er das Leuchten in ihren Augen gern hatte, das so plötzlich verfiel, wenn er sie enttäuschte. Hätte das allmähliche Schwinden ihrer Erinnerungsgewohnheiten, wofür alle Anzeichen sprachen, ihrer Sentimentalität, wenn es nicht so abschätzig klänge, die er manchmal reizend fand, manchmal belächelte, sagen wir Rührseligkeit, die ihm aber auch oft schon peinlich gewesen war, wenn sie zum Beispiel bei jeder sich bietenden Gelegenheit, passenden oder unpassenden, das Hochzeitsalbum gebunden in weißes Leder mit goldenem Schriftzug `Vermählung Gerda und Heinrich Grewent´ aus der Kommode kramte, und alle, die zu Besuch kamen, und sei es nur für einen halben Nachmittag, wortreiche Erklärungen über sich ergehen lassen mußten, möglichst staunend, obwohl sie sich vielleicht langweilten, was sehr gut möglich war, sogar anzunehmen, zumindest alle Hochzeitsalben, die er kannte, sahen mehr oder weniger gleich aus: das Paar vor dem Kirchenportal, allein, im Kreis der Eltern, mit

Freunden, Verwandten, Nachbarn; das Paar in der Rosenlaube, neben einer Gipsfigur (Fortuna schüttet ihr Füllhorn aus), wenn möglich unter Arkaden; das Paar Hand in Hand über eine Blumenwiese hüpfend, die Braut mit wehendem Haar. Seiner Ansicht nach war das aufdringlich, und man sollte Gästen nichts aufdrängen, das sagte Gerda sonst selbst, sie konnten ja fragen. Katrins Mann Walter gähnte demonstrativ, verdrehte sogar mehrmals schmunzelnd die Augen, erkundigte sich nebenbei, ob jemand wisse, wie Bayern gespielt habe, wußte aber niemand, zwinkerte ihm zu, während Gerda sich nicht aus der Ruhe bringen ließ und mit sanfter Starrsinnigkeit weiterblätterte, nichts hörend, nichts sehend, alle Bilder mußten gezeigt werden, und Katrin sagte aus purer Höflichkeit, `Mach weiter, Gerda, das interessiert uns sehr.´

Kann einer ahnen und auf welche Indizien sich stützen, wer eine Ahnung zu haben glaubt (Gibt es Beweise?), daß etwas Gemeines sich eingeschlichen hat, klammheimlich, zwischen gestern abend und heute morgen vielleicht, etwas Bösartiges, unangekündigt, wo doch stillschweigendes Einvernehmen vorausgesetzt worden war, und ist er angehalten trotz gemeinsamer Vergangenheiten, glücklicher Tage und gleichlautender Absichtserklärungen (auf Gedeih und Verderb), tagtäglich wachsam zu sein, ob nicht ein Fädchen gerissen, ein seidenes womöglich (eins von vielen doch nur), das, mit dem man zum Anfang zurückfindet, und geschieht ihm recht, wenn, gesetzt den Fall er hat die Ahnung nicht gehabt, ihr keine Beachtung geschenkt oder keinen

Glauben, wenn mittelfristig das erste Fädchen ein zweites nach sich zieht, ein drittes, in eine regelrechte Zerfaserung übergeht, und abschließend, was nicht auszudenken ist, so die gänzliche Auflösung des Gewebes in einen Fadenhaufen erfolgt, ein Wollknäuel, dem nichts zu entnehmen ist, als daß es vormals einen Stoff gegeben hat, rotgraumeliert, mit diversen Einsprengseln.

Das Mädchen neben ihm blies vorsichtig einen fetten rosa Kaugummiballon auf - natürlich bis zum Platzen, piddelte dann hingebungsvoll mit für ihr Alter ganz unangemessen langen Fingernägeln die zähen, klebrigen Häute von Kinn und Oberlippe, lutschte genüßlich schmatzend die Finger ab. Auf ein Neues.
Wenn er Viola morgens an der Bushaltestelle einen seiner sehr kostbaren, weil heimlich vom knappen Taschengeld gekauften Kaugummis geschenkt hatte, konnte er sicher sein, daß sie den inzwischen völlig geschmacklosen Pfriem noch mittags auf der Rückfahrt in der Backentasche trug.

Sag doch was. Sag doch was. Als redete er einer schon Toten zu, vor ihm auf dem Asphalt. Dem gefräßigen Gott der Bewegung als Opfergabe dargebracht. Rüttelte an ihren Schultern, daß sie für einen Moment die Augen aufschlägt, um ihm zu vergeben. Ein Blick nur. Bis ihn der Polizeihauptmeister oder der Notarzt am Arm faßt. Ruhig und bestimmt. Nicht einmal die schwarze Flagge wird gehißt.

Aber im Grunde ist doch gar nichts passiert. Keine

besonderen Vorkommnisse. Man muß froh sein, wenn schwerere Schläge ausgeblieben sind. Das Durcheinander vorbeigegangen ist, in einiger Entfernung, ohne einzutreten. Fürs erste. Doch nur ein Aufschub. Ihm waren die Augen schon verbunden, ein fremder Priester wetzte das Messer. Denn er will Brandopfer und an Schlachtopfern findet er Gefallen. Wenn wenigstens das Los geworfen worden wäre. Dann hatte das Schicksal entschieden. Man konnte sein Hemd zerreißen, sich das Gesicht zerkratzen, die Haare raufen. Und man wurde beklagt. Aber Gerechtigkeit hätte geherrscht, denn es hätte jeden treffen können. Jedoch der Zufall will es nicht. Er zürnt nicht, er straft nicht, ist nicht blind, nicht wütig, nicht einmal gleichgültig, und man kann ihn auch nicht herausfordern. Trotzdem wußte längst nicht jeder ein stilles Leben zu würdigen. Schwager Jonas trank, durchlitt eine große Liebe nach der anderen, geriet in wüste Schlägereien, trank weiter, ließ sich für ein Jahr beurlauben, um in Südamerika den Tod zu suchen, angeblich beschäftigte er sich mit den Rätseln der Mayaarchitektur, gleich anschließend verschuldete er sich hoffnungslos, um fünf Monate lang fast jedes Wochenende nach London zu fliegen, einer ziemlich schmierigen neunzehnjährigen Göre wegen, Arianne Brown, die er im Dschungel kennengelernt hatte, dann aber, vermutlich schwanger, sitzen ließ, um sich mit einer infantilen Düsseldorfer Schönheitskönigin zu vergnügen. Wahrscheinlich fände man ihn eines Tages mit zerschlagenen Knochen, weil er, wieder einmal im Suff, rücklings vom Balkon seiner Wohnung gestürzt war, die lag im fünften Stock, möglicherweise mit tatkräftiger

Unterstützung eines gehörnten Vorgängers. Assmann war auch schon mit mindestens drei verschiedenen Begleitungen aufgetreten. Dr. Kronberg lebte angeblich von seiner Frau getrennt. Vermutlich gingen dreiviertel aller Paarungen auseinander, um sich früher oder später neu zu verbinden. - Aber das stand doch gar nicht an. Prinzipiell nicht. Er liebte ausschließlich Gerda. Und die fuhr doch auch schon mal übers Wochenende zu Fortbildungsveranstaltungen, wozu er sie immer ermutigt hatte, oder für vier, fünf Tage ins Schullandheim. Sogar in Begleitung männlicher Kollegen. Was er anstandslos hinnahm. Tausende von Geschäftsreisenden verabschiedeten sich allmorgendlich mit oder ohne Kuß von Frau und Kindern, um allerorten an Seminaren teilzunehmen, Verhandlungen über alles mögliche zu führen, neue Märkte zu entdecken, zu erschließen, zu erobern, und ihre Frauen warteten treusorgend oder waren selbst unterwegs und bekamen kostspielige Souvenirs zum Trost. Auch die Kinder wußten entsprechende Gehälter und großzügige Mitbringsel zu schätzen: hochtechnisiertes Spielzeug, Markenjeans&Jacketts, exklusiven Modeschmuck, wie die Mädchen hier ihn trugen. Mit einem Durchschnittsgehalt ließ sich das nicht finanzieren. Dann gab es zu Weihnachten einen häßlichen Tournister aus schwarzem Kunstleder, auf den mußte gut Obacht gegeben werden, jeder Kratzer schaffte fortan Erklärungsbedarf. Mutter hatte selbst eine Hose genäht und sich viel Mühe gemacht. - Nur das Weinen herunterschlucken, ein Glück spielen, sonst wäre sie so enttäuscht. Letzte Hoffnung auf einen Panzerkreuzer, den starfighter, das Fort mit General

George Armstrong Custer und seinen Männern im Päckchen von Oma und Opa: Stattdessen Legosteine. Vierer, Sechser, Achter, rot, weiß, blau. - `Ein wunderbares Geschenk, ihr glaubt gar nicht, was die Kinder damit alles bauen.´ - Nach Ansicht der Eltern kam aus Amerika ohnehin bloß Unsinn. Bestimmt hatten sie recht. Er war sehr undankbar. Ein Egoist. Er wollte immer nur alles haben haben haben, und das konnte man eben nicht. Aber was sollte er nach den Ferien zeigen, selbst wenn die anderen für sie kein Maßstab waren, und er ja auch nicht Ullrich Breuer in den Rhein hinterhersprang. Nur ein einziges richtiges Geschenk. Er würde behaupten, daß er Ski bekommen hätte und sollte die wider Erwarten einer sehen wollen, lagen sie eben auf dem Speicher. Punkt. Von Legosteinen jedenfalls ließ sich auf dem Schulhof so wenig jemand beeindrucken wie mit Berichten vom Ausflug in den nahen Staatsforst.
Das Mädchen neben ihm sah wirklich aus wie Viola. Allerdings ließ sich mit ziemlicher Sicherheit ausschließen, daß sie irgendwie miteinander verwandt waren.
- `Wie heißt dieser Baum Heinrich? - Weißt du nicht? - Was lernt ihr denn überhaupt?´

- `Heinrich und Viola gingen in den Wald. Sie machten Ernst. Ernst ist heute drei Jahre alt.´
- `Hör auf damit, das stimmt doch gar nicht.´

Vater nahm daraufhin das Heft selbst in die Hand, endlose Lehrpfadbegehungen folgten, für die ganze Familie wurden Kniebundhosen angeschafft, aus denen die Strümpfe dauernd herausrutschten, Mutter hockte dann vor ihm und zurrte das Bund so fest, daß es schmerzte, damit er nicht wie ein Strauchritter aussah. Viola hatte nie gelacht, wenn er damit zur Schule mußte. Sorgsam zwischen Löschpapier gepreßt, trockneten Laub und Blumen in den fetten Bänden der Enzyklopädie, wurden in Ordner geklebt, beschriftet und samstagnachmittags abgefragt. Gegen die notorischen Quengeleien abwechselnd Pfefferminz und Ohrfeigen. Vater entwarf anhand von Wanderkarten Schnitzeljagden, ging frühmorgens die Strecke ab, um Wegweiser zu verteilen, arbeitete Aufgaben aus, Vogelbestimmungen, Spurenlesen, Silbenrätsel, die an den einzelnen Stationen gelöst werden mußten. Nur daß Kastanien und Tannenzapfen als Tauschobjekte nahezu wertlos waren. Zwei Bussardfedern und ein Hirschzahn, den hatte er Oma abgeluchst, die einen anderen in Gold gefaßt als Anhänger trug, gegen einen Plastikindianer plus Messer, Speer und Tomahawk, die man in dessen geballte Faust stecken konnte, blieben das beste Verhandlungsergebnis, das er je erzielt hatte. Die Federn mußte er allerdings als echte Adlerfedern ausgeben, die sein Patenonkel Werner aus Kanada mitgebracht hatte, den Adler natürlich selbst erlegt, obwohl der eigentlich Schreinermeister gewesen war und seit einem Schlag dahinvegetierte, aber vorher hatte er immer filterlose Zigaretten geraucht und eine speckige Lederschürze getragen. Außerdem konnte er Bögen und Flöten schnitzen. - Nachmittags rief die Mutter seines Vertragspartners an und forderte, das Geschäft müsse unverzüglich rückgängig gemacht werden, andernfalls geschehe wer weiß was, die teuere

Figur gegen einen Haufen unnützen Plunder, soweit käme es noch. Vater schwieg erst. Schüttelte dann mehrfach den Kopf. Er hätte nicht gedacht, daß sich sein Sohn als widerwärtiger Lügner und gemeiner Betrüger entpuppen würde. Und dann verhöhnt er noch in schamloser Weise die Krankheit seines Patenonkels. Unglaublich.

Er schaute verlegen zu dem Mädchen herüber, unsicher, ob er nicht im Eifer vor sich hingemurmelt hatte. Die Stille und Abgeschiedenheit seines Büros mit Frau Saibling als Vorposten, das lange Alleinsein beförderten wohl derartige Marotten. Insbesondere während hochkonzentrierter Arbeitsphasen redete er oft, bis irgendeine Störung - am Fenster vorbeischießende Tauben, Dr. Kronbergs wütende Stimme im Nebenraum - den Gedankenfluß abbrach. Gerda hatte ihn gerade während der letzten Monate, als er in jeder freien Minute über den Wandhalter nachdachte, des öfteren beim Rasenmähen, Unkrautjäten, Spargelschälen im Selbstgespräch erwischt. - `Du bringst mich reineweg zur Verzweiflung, Heinrich.´ - Aber er sah jetzt weder Spott noch Befremden in ihren Gesichtern, sie tuschelten auch nicht mehr. Das Viola-Mädchen lächelte sogar freundlich.

10. Die Wölfe

Vor kurzem erst waren sie aus Ungarn gekommen. Über die Alpenpässe, dann in nächtlichen Eilmärschen, fünfzig Kilometer pro Nacht, flußabwärts bis hierher. Sie würden wohl bleiben. Viola wußte nicht wo Ungarn lag, aber es klang finster und wild in ihren Ohren. Kein Zweifel, daß es dort Wölfe gab. Er sagte, daß er die Meute selbst gesehen habe: Neulich hatte ihn ein grauenhaftes Heulen geweckt. Er war unbemerkt aus dem Schlafzimmer geschlichen, aus dem Fenster geklettert und mit dem Fahrrad durch die angenehm kühle Nacht zum Röderer Forst gerast, so schnell er konnte. Der Mond schien hell, der Wald fiel als langer Schatten auf das Zuckerrübenfeld. Da hockten sie. Einige lungerten satt und gelangweilt etwas Abseits herum, möglicherweise Wachen. Nur die Alphawölfin heulte, die anderen ahmten ihre Heulbewegung bloß nach, indem sie den Kopf immer wieder ruckartig in den Nacken warfen, bleckten die Zähne, knurrten manchmal ein rauhes Knurren, Speichel troff die Lefzen herunter. Er schmiß das Fahrrad ins Gras, bis jetzt hatten sie ihn nicht bemerkt, unterdrückte das Keuchen, robbte auf dem Bauch bis auf - schätzungsweise - dreißig Meter heran, wie er es von den Soldaten im Manöver kannte. Sechzehn Stück genau. Jungtiere hatte er nicht gesehen. Natürlich gab es morgens wegen des völlig verdreckten Pyjamas fürchterlichen Ärger mit Mutter. Aber er hatte beharrlich auf alle Nachfragen geschwiegen.
- `Warum denn?´ - `Doofe Frage. Was meinst du, was dann passiert. - Wenn du dich nicht von mir beschützen

läßt, werden sie über dich herfallen. Die lauern jetzt überall. Gleich zwischen Bushaltestelle und zuhause vielleicht schon. Bei mir bist du sicher, ich weiß, was man machen muß.´ - Sie fraßen am liebsten zartes weißes Mädchenfleisch. - `Aber meine Mutter hat nichts davon erzählt.´ - `Ich sag dir doch, ich bin der einzige, der sie gesehen hat. Glaubst du nicht? Du kannst mir ruhig glauben. In der Pause paß ich doch auch auf, daß dir niemand `was tut, oder?´
-`Ja.´

Sie fingen ein Spiel an. Jede mit Zettel und Bleistift.
- „Denk dir ein Wort aus Silvie." - Das Viola-Mädchen hieß Silvie und rutschte unruhig auf seinem Platz herum, zupfte wie fächelnd am Pulli, um frische Luft an die Haut zu bringen, schaute nach seiner Seite zum Fenster hinaus, nasse Wiesen dunkelgrün von einem grauen Filzlappen bedeckt. Zwei breite Streifen. Die Pupillen sprangen hektisch hin und her, blieben stehen, fixierten oberhalb der Stirn ein schwieriges Wort mit vielen Buchstaben, das den beiden anderen den Kopf zerbrechen sollte, am besten natürlich, wenn sie es überhaupt nicht kannten, preßte die Lippen ein bißchen böse aufeinander, setzte eine siegessichere Miene auf, zog eine lange gestrichelte Linie und schrieb auf Position zwei ein `o´.
- „Fertig." - Er zählte fünfzehn Stellen.
- „a?" - Ein `a´ auf Position elf.
- „b?"
- „Falsch." - Der Hügel für den Galgen.

Hinterrücks trat er sie in die Kniekehlen, so fest es ging,

mit der Schuhspitze, daß sie fast hinfiel, manchmal lief ihr dann Blut das Schienbein herunter, weil sie auf den Asphalt oder aufs Pflaster geschlagen war. Das wollte er nicht. Nur so fest, daß sie weinte. Sie weinte meistens. Oder er kniff sie in den Rücken, oder stach mit einem gespitzten Bleistift. Im Gedränge an der Bushaltestelle konnten es viele gewesen sein. Bis sie sich umgewandt hatte, stand er ohnehin längst palavernd zwischen seinen Klassenkameraden. Ihre dünnen Beine zitterten unter dem schäbigen karierten Röckchen. Sie trug auch im Winter oft Kniestrümpfe. Da fror sie vielleicht. Viola kreischte aber nicht auf, wie die anderen Mädchen, höchstens ein kurzer Schmerzensschrei. Lautes Heulen hätte doch bloß Schadenfrohe und Nachahmungstäter angelockt. Ein leise kullerndes Wimmern. Und viele Tränen, die helle Spuren mit grauen Rändern ins Gesicht zogen, weil ihre Mutter sie am Morgen nicht gewaschen hatte. Sie weinte so bitterlich. So wunderbar verlassen. Viola war ganz allein auf der Welt. Drehte sich hilfesuchend im Kreis, aber von wo sollte Hilfe kommen. Nicht einmal vom Herrn, sie ging ja nicht zur Kirche. Oder um wenigstens zu wissen, wer so gemein war. Dann konnte sie sich beim nächsten Mal in Acht nehmen. Ihre Augen flatterten wie junge Amseln, die aus dem Nest gefallen waren. Drehte sich noch einmal und noch einmal. `Es tanzt ein Bi Ba Butzemann in unserm Kreis herum videbum.´ Aber niemand interessierte sich dafür. Sie war auch viel kleiner als die anderen. Winzig klein und dünn, fast unterernährt. `Dirk Reuter war's, ich hab es genau gesehen. Aber Reuter ist viel stärker als ich.´ Dann nahm er sie tröstend in den Arm. Tupfte mit seinem

Taschentuch behutsam die Tränen ab, ihr Gesicht sah danach immer verschmiert aus. Streichelte ihr sacht übers Haar. Das roch selten nach Shampoo.
Als Reuter und Lackmann in wieder mal hämisch der Verliebtheit bezichtigten, zog er lässig die Brauen hoch und kündigte für die nächste Gelegenheit einen besonders kräftigen Tritt an. Er würde es ihnen schon zeigen. Die Aktion verlief planmäßig, alle lachten, kurzfristig wuchs sein Ansehen, er wurde in Ruhe gelassen.
Viola verstand nichts.

- `Mein Vater hat gesagt, es gibt hier keine Wölfe.´
- `Ich warne dich, Viola. Du wirst es noch bereuen, wenn du mir nicht glaubst. Außerdem kann ich's beweisen. Aber du wagst dich ja doch nicht in den Röderer Forst.´

Wieder Gekicher, Heinrich meinte einen schmutzigen Unterton mitzuhören, offenbar hatte eine das Wort erraten oder den letzten Buchstaben gefunden und es war nicht ganz stubenrein. Er blinzelte unauffällig, aber Silvie drehte das Papier absichtlich so, daß er nichts erkennen konnte, kritzelte heftig, vermutlich bis alle Buchstaben von einer dichten Schraffur überdeckt waren, schaute ihm plötzlich mitten ins Gesicht, ließ das Blatt demonstrativ sinken, damit er den Balken auch sah. - „Du bist dran Katja." - Irgendwie meinte sie ihn mit.

Über dem reifen Getreide flirrte warme Mittagsluft. Er bog in den Feldweg ein. Viola auf seinem Gepäckträger klammerte sich an ihn. Er hatte ein langes Seil über die Schulter geworfen, Vaters Fernglas schlug abwechselnd gegen Brustbein und Lenkstange. Manchmal traf es ihre Hand, dann zuckte sie kurz, ohne ihn jedoch loszulassen. Niemand traute sich in den Röderer Forst, obwohl er nicht einmal besonders groß war. Ein Wäldchen eigentlich nur inmitten Kuhweiden und Ackerland. Es gab keinen Weg, das Unterholz wucherte, man konnte nur wenige Meter hineinsehen. Mit Vaters Sonntagswald hatte es nichts gemein. Ein furchteinflößender Ort, an dem man von fremden Männern umgebracht wurde, die unvermutet neben einem anhielten und süße Versprechungen machten, wenn man zu ihnen ins Auto stieg. Ihm war mulmig. Weniger wegen der Wölfe. Alle Verantwortung hing an ihm allein. Auf Viola brauchte er bei Gefahr nicht zu rechnen. Die konnte nicht einmal Fahrrad fahren. Wenn wenigstens Ullrich dabei gewesen wäre, doch der hätte ihn womöglich irgendwann verraten. Vom morschen Hochstand aus wäre das Gelände vielleicht besser zu überblicken, aber unten war ein Schild `Betreten verboten´ angebracht, dem gehorchte er lieber. Viola vertraute ihm blindlings. Ein Hundevertrauen. Er brach einen kräftigen Ast ab, um die Brennesseln niederzuschlagen, das Dornengestrüpp auseinanderzureißen, durch seine dünnen Socken stach es trotzdem. Nach wenigen Schritten standen sie an einem schwarzen See. Jemand hatte eine alte rostige Waschmaschine ins Wasser gekippt, Teile einer Kommode verrotteten, Reifen, Wellpappe, Kleidersäcke. Die Säcke waren aufgeplatzt, zerrissene Hemden hingen wie Vogelscheuchen im Gestrüpp, mit Haaren aus Pappmache. Soweit er sehen konnte, standen die Bäume in dem flachen versumpften Tümpel, durch den ein in längst vergessenen Zeiten aufgeschüttetes Deichnetz führte. Vielleicht hatten die Bauern damals Torf für ihre Gemüsebeete gestochen. Oder fürs Herdfeuer.

Silvie streifte sich ihren Pulli über den Kopf. Dehnte dabei ihren Oberkörper, bog sich straff in den Rücken, daß die kleinen Brüste, die bislang lediglich stark vergrößerte Warzen waren, deutlich vom Stoff des T-Shirts nachgezeichnet wurden. Einen BH trug sie offenbar nicht. Ihm fiel die Hitze jetzt auch auf. Wahrscheinlich war der Thermostat defekt. Die Temperatur ließ sich nicht regulieren. Schlamperei, wo man auch hinkam, wie sollte es da wieder aufwärts gehen. Er überlegte, wenigstens das Jackett auszuziehen, fürchtete aber, daß sich bereits fette Schweißflecken unter den Achseln abzeichneten. Er schwitzte schnell und viel, an heißen Sommertagen hatten seine Hemden abends Salzkränze, manchmal sogar gelbliche Stellen. Gerda schauderte es beim bloßen Hinsehen und sie bestand darauf, daß er diesen `Wrung´, wie sie sich ausdrückte, selbst in den Wäschekorb warf. - `Ich fasse das nicht an.´

`Viola, zieh dein T-Shirt aus, mit dem Rot verscheuchst du doch alles.´ Nach kurzer Zeit war ihr schmaler bleicher Oberkörper mit roten Brennesselpusteln übersät. Die Rippenbögen zeichneten sich deutlich ab unter der Cellophanhaut. Aber es gab kein Zurück. Auf eigene Faust fände sie den Heimweg aus dieser Wildnis nicht. Da stürbe sie mutterseelenallein, und die Krähen pickten ihr das Fleisch fein säuberlich von den Knochen. Er arbeitete sich mühsam vorwärts. Viola stapfte drei vier

Schritte hinter ihm, blieb dann wieder stehen und wartete, bis er das nächste Stück freigeschlagen hatte. Unter der Anstrengung verflüchtigte sich für Momente die Angst. Er hatte noch niemals so schwarzes Wasser gesehen. Schwarz wie altes Motoröl und vermutlich ebenso dickflüssig. Der Sündenpfuhl, in dem man leicht versinken konnte, wenn man sich nicht in Zucht nahm, und auf dessen Rückseite sich die Pforten der Hölle auftaten. Er wühlte mit dem Stock im Grund, stocherte, Blasen stiegen kullernd an die Oberfläche, es roch nach faulen Eiern, wie die Stinkbomben, die Reuter manchmal in den Schulfluren detonieren ließ, und am Stockende klebte ein zäher Schmier.
Dann sah er das Reh. Keine drei Meter vor sich. Ein Lauf starrte aus dem Wasser, daß man ihn erst für einen Ast hielt, aber die Hufe waren deutlich erkennbar. Kein Gehörn. Offenbar eine Ricke. Das Auge schaute stumpf weiß und ohne Scheu in die rauschenden Pappelkronen, deren silberne Blätter durch die Dreckbrühe gebrochen ihm wohl bloß noch grau erschienen. - Und die zerfetzten Himmelsstücke dazwischen? Aber traurig sah es eigentlich nicht aus. Im Fell hatten sich winzige Luftbläschen verfangen, die mußten jetzt Totenwache halten, bis sich alles aufgelöst hatte. An seiner höchsten Stelle ragte der aufgeblähte Leib als eine leicht gewölbte nasse Haarinsel aus dem Wasser. Er sah nirgends Würmer. Vielleicht konnten Würmer unter Wasser auch nicht atmen. Wie Menschen. Keine Blutegel, die gab es in diesem Loch mit Sicherheit, die gab es ja sogar in saubereren Seen. Man mußte seinen Stock nur lange genug 'reinhalten, dann saßen welche dran. Bestimmt war das

Blut in den Adern längst geronnen oder sie kamen ohne Zähne einfach nicht durch die Decke und hatten sich übellaunig und hungrig wieder in den Schlamm verzogen. Die tödliche Bißwunde war nicht zu erkennen, auch an der Kehle nicht. Vermutlich befand sie sich auf der Rückseite.

- „l?"
- „Nein." - Bauchkreis. Offenbar war Silvie schon wieder an der Reihe.
- „w?"
- „Auch nicht." - Erster Arm.
- „r?"
- „Haste doch schon."
- „Na gut, dann s."
- „M'm." - Ein leicht triumphierendes Lächeln. Zweiter Arm.
__h__ter, sah er auf dem Blatt, und dem baumelnden Strichmännchen fehlten nur noch die Beine.
- „Wissen Sie's?" - Er schaute sich rasch um, außer ihm konnte niemand angesprochen sein, und schüttelte den Kopf. Arg irritiert vermutlich.
Er müßte sich dringend mit den Unterlagen beschäftigen. Für solche Sperenzchen hatte er nun wirklich keine Zeit.

Brauchte es weitere Beweise? Er zog Viola heran, damit sie die Beute mit eigenen Augen sah.
- ´Ganz frisch gerissen. Vermutlich kurz bevor wir gekommen sind. Guck: da unten läuft Blut ins Wasser.´ - Sie nickte.
- ´Ich hab dir's ja gesagt. Glaubst du mir jetzt

wenigstens?´
- `Ja, aber ich hab so Angst. Laß uns nach Hause. Bitte Heini, laß uns hier weg.´
Beim anderen Ufer plötzlich Rascheln, dann klatschte etwas aufs Wasser, zwei-, drei Schläge, ein flüchtiger Umriß huschte ins Gebüsch, es spritzte, dünne Zweige brachen, die Sträucher bewegten sich nochmals, ein grauer Schatten, schäferhundgroß oder wie eine Ziege oder kleiner, vielleicht auch nur ein aufgescheuchter Reiher, nicht zu erkennen, verschwand endgültig im Dickicht.
- `Da! Siehst du ihn? Da hinten.´ - Viola schüttelte den Kopf.
- `Schon weg. Aber da war einer. Ich hab ihn genau gesehen. Klar. Die warten, daß wir abhauen, damit sie endlich fressen können. Sei froh, daß du das T-Shirt ausgezogen hast. Wölfe mögen kein Rot.´ - Der schmächtige Oberkörper auf dem kurzen Rock, ihre zerkratzten Storchenbeine mit den heruntergerutschten Kniestrümpfen: ein durchgehendes nicht mehr beherrschbares Schlottern, sie krampfte die Händchen ineinander, das half nicht, der viel zu große Kopf ruckte wie unter Strom. Viola weinte mal wieder. Dazu gab es nun wirklich keinen Grund. Sabber in den Mundwinkeln, am Kinn. Die Heulsuse. Dicker Schnotter in der Nase. Wie ein Baby, dabei war sie schon sieben und, wenn sie nicht sitzengeblieben wäre, im zweiten Schuljahr.

Bis jetzt wußte er nicht einmal genau, welchen Umfang die Unterlagen hatten.

Mit der Daumenkuppe, leicht, versonnen, strich Silvie ihr

Schlüsselbein entlang, schob das labberige T-Shirt zur Seite, bis an die Schulter fast, schaute still in ein weites Land, als erinnere sie sich des Glücks dort, oder hatte eine Ahnung davon, vielleicht vage erst und anfänglich, ein warmes wohliges Gefühl, das sich im ganzen Körper ausbreitete, seltsam gegenstandslos und doch irgendwie bestimmt, die Poren öffneten sich, bis man ganz durchlässig wurde, leichtes Prickeln machte es sich in der Bauchhöhle bequem, dehnte sich aus, in schweren Wogen, ein rhythmisches An- und Abschwellen, lange, lange Nachtstunden, verwunderlich, selbstverständlich, unbeschwert, in denen man erst sehr spät einschlief, schuldlos einschlief, denn die schmutzigen Gedanken lauerten noch anderswo.-

Mutter, die er einmal halbnackt im Bad erwischt hatte, weil die Tür aus Versehen nicht abgeschlossen war, und er konnte unbemerkt hinter sie schleichen und hatte mit beiden Händen langsam ihre Oberschenkel entlanggestreichelt, und ehe er sich versah aus der vollen Drehung eine geknallt bekommen, daß die Backe den ganzen Tag brannte, hatte sich ähnlich angefühlt. Wie nasse Seidenblusen an der Wäschespinne. Ganz anders als zum Beispiel sein kleiner Bruder, wenn sie samstags in der Wanne sich gegenseitig den Rücken schrubbten, oder an warmen Sommertagen in der Badeanstalt um den Wasserball prügelten.

Sie kaute auf dem Bleistift herum, schob ihn im Mund hin und her, und ihr Unterarm rutschte jedesmal über den unförmigen Brustwarzenknubbel, was ihr womöglich von

innen die Wirbelsäule herunter bis in die Zehenspitzen zog, so jedenfalls hatte Gerda es damals beschrieben, als sie sich unter seiner Liebkosung noch aufbäumte, schrie, außer sich geriet (wohin denn?), fast die Besinnung verlor und sich am Ende ihrer Unkontrolliertheit schämte. Manchmal weinte sie sogar vor lauter Scham. Aber schließlich hatte sie es in den Griff bekommen. `Man muß sich beherrschen lernen, das ist das A und O.´
Er schaute, ob sich Silvies Brustkorb vielleicht übermäßig heftig hob, ob der Schleier über ihrem Blick hing, ob sie zu lautes Atmen herunterschlucken mußte. Schwer zu entscheiden.
- „Nein ich sag's nicht... Hat mit Rittern zu tun... Und mit Schwertern..." - Ihre Stimme klang albern, sonst allerdings ziemlich normal.

Als hielte er ein überdimensionales hartgekochtes Ei zwischen den Händen, vorsichtig gepellt, die Schalenhäute sorgfältig abgezogen, aber im Inneren schlug noch hastig das Kükenherz, die Luft war knapp, sein Schnäbelchen hackte wild auf glasig geronnenes Weiß ein, auf eine poröse Membran, elastisch wie eine Gummiwand, die sich einfach nicht durchstoßen ließ, jedem Schlag nachgab, wie ein Trommelfell, gerade durchlässig genug, daß die andauernde Atemnot nicht durch Ersticken beendet wurde, ein Keuchen, ein Pochen, ein Zucken unter seinen verdreckten rauhen Händen, Drüsen sonderten Schleim ab, der die Fingerspitzen gleiten ließ, wie auf einem Fettfilm rutschten sie davon, ganz schwerelos, ohne Eile, wie ein Schlittschuhläufer, über Hügel, Senken, Spalten, Wülste, gelangten dann unvermutet auf ein Noppenfeld, dicht an dicht lauter kleine helle Pickelchen, rosa umkränzt, überhitzt, fast glühend, stolperten, knickten um, denn der Schleim war plötzlich aufgetrocknet und einer dünnen zähen Feuchtigkeit gewichen, und die klamme Kraterwüste aus Brennesseleinschlägen, verkrusteten Dornrissen, warf schmale Fältchen unter der drängenden Berührung, verfärbte sich, die Krusten platzten, sowie sie zusammengepreßt wurden, das Faltenmassiv wollte fliehen vor der dumpfen Treiberhand, wurde eingeholt, überrollt, er hinterließ eine Spur winziger schwarzer Würstchen, bröselige Wickel aus Schmutz und Hautresten, wie Radiergummiabrieb, er wollte sie fortschnippen, da blieben sie haften, an den Noppen, in Ritzen, an seinen Fingernägeln, am Handballen, klebrige Schmutzschweißhautkrumen, er schnippte fester, ohne Rücksicht, wischte sich die Finger an der Hose ab, kratzte, zog lange weiße Striemen, die sich sofort röteten, manchmal bis aufs Blut, wischte wieder und wieder, kniff, schlug, der fahle, nach Schimmel und Lumpen duftende Eikörper vollführte seltsame Verrenkungen, ächzte, stöhnte auf, preßte sich an ihn, pulste, dehnte sich aus, umhüllte ihn, bis er fast ganz eingeschlossen war, von einer festen dehnbaren Kunststoffolie, wie Mutter sie über die Plastikschüsseln mit Essensresten zog, ehe sie in den Kühlschrank kamen, nur nicht so durchsichtig, milchigtrüb, mattschimmernd, er mußte sich befreien, losreißen, sonst würde es ihn verschlingen, durchkauen, herunterwürgen, ätzende Säfte dauten ihn an, fraßen Löcher in seine Haut, ein fleischfressendes Veilchen, viola carnivora, würde ihn sich einverleiben, ihn zu einer dicken Nährlösung verarbeiten, zu süßlichem Proteinbrei, aber er hatte Zähne, im Unterschied zu den Blutegeln, zu dem panisch hackenden Küken, hatte er Zähne, messerscharfe Schneidezähne und spitze Reißzähne - er biß zu. Mitten in einen Schrei, schrill, fremd, die Pappeln hörten auf zu rauschen, die Grasmücken, Gelbspötter, Teichrohrsänger brachen ihr Gezwitscher ab. Salz, Eisen, ranzige Butter zuerst, dann platzte die Haut auf, das Innere stülpte sich hervor, eine glitschige Masse quoll in seinen Mund, fest und weich, warm, faserig, ekelhaft wohlschmeckend, für einen Moment gab die Umklammerung nach, er riß sich los, sprang auf, stand schon, spürte die Brennesseln nicht, noch die Zweige, die ihm ins Gesicht schlugen, nur daß er kaum schneller wurde, als rannte er unter Wasser, ein böser Zauber hatte die Luft in Gelatine verwandelt, in den Muskeln dieselbe Zähigkeit wie in Alptraumfluchten, und der Feind kam unaufhaltsam näher, er trat in ein Sumpfloch, würde ihn einholen, knöcheltief, stolperte, fiel hin, überwältigen, er griff nach Steinen, Erdklumpen, Blechdosen, schleuderte alles, was er zwischen die Finger bekam, was er irgendwie erreichen konnte, wahllos in die Büsche, kam wieder auf die Beine, fand kein Gleichgewicht, strauchelte erneut, krallte sich in die Hecke, um nicht fortgerissen zu werden, hielt sich mit Mühe, weggespült von einem Strom geronnener Luft, zog sich wankend von Stamm zu Stamm, klammerte sich fest, so weit waren sie doch gar nicht gekommen, zwanzig, dreißig Meter doch höchstens, sah endlich die Rüben, wenige Schritte entfernt, den schmalen Streifen Gras am Rand, sah sein Fahrrad, Gott sei Dank, sein Fahrrad lag noch da.

Mattigkeit und Kopfweh. Das hing sicher mit dem Wetter zusammen. Beim nächsten Halt müßte mal dringend gelüftet werden. Schon halb zwei durch. Außerdem könnte er langsam etwas zum essen vertragen. Ein Sandwich oder eine Bockwurst, oder was der Minibarmann sonst anzubieten hatte.

Auf dem Marktplatz, zwischen der alten Gerichtslinde, an der früher die Viehdiebe aufgeknüpft wurden, und dem Tor zum Kirchhof, war unübersehbar ein verwitterter Mühlstein aufgebockt. Allsonntäglich ging man an ihm vorbei in die Messe. Mit ziemlich flauem Gefühl. Gerda fand es schön, daß auf diese Weise an alte Handwerkstraditionen erinnert wurde. Vor einigen Jahren hatten sie dort sogar eine Volksmusiksendung fürs Fernsehen aufgenommen.

Der Speisewagen war vermutlich völlig überteuert. Und schlecht dazu. Aspirin hatte er auch nicht eingesteckt. Abgesehen davon, daß sein Magen nüchtern keine Medikamente vertrug. Warum beschäftigte er sich stundenlang mit Unsinn. - `Mir kannst du's doch erzählen. Heinrich. Ich bin doch deine Mutter.´ Mit welcher Begründung denn. Ein vernünftiger Mensch von fast achtunddreißig sollte wohl in der Lage sein. Den nervösen Magen hatte er von Vater, der durfte sich gar nicht aufregen, sonst hatte er gleich eine Schleimhautentzündung weg. Man konnte auch nicht für alles und jedes den Eltern die Schuld in die Schuhe schieben. Da machte man es sich doch ein bißchen sehr einfach.

Abgesehen davon, daß damit niemandem geholfen war. Es hieß, im Röderer Forst gebe es immer noch oder wieder mal tollwütige Füchse. Alle Mütter erzählten solche Geschichten, damit man dieses und jenes auf gar keinen Fall tat. Viola Kleppe sei angefallen worden. Wobei man natürlich nicht wisse, ob nicht in Wirklichkeit der Vater im Suff, nun ja. Aber was hatte so ein Kind, bitte schön, allein im Wald verloren. Die Jäger brachten Gift aus und nagelten Warnschilder an die Bäume. Auch nicht gerade die feine englische Art. Mein Gott, wie oft hatten Reuter & Co ihn verprügelt. Und Annie, seine Cousine hatte ihn ohne Grund unterm Tisch ins Bein gebissen. Da sagte keiner was. Aber Viola rannte davon, wenn er auf dem Schulhof auch nur in ihre Nähe kam. Versteckte sich hinter Sträuchern oder hinter den Mülltonnen. Verpaßte sogar den Bus, weil sie so spät wie möglich an der Haltestelle sein wollte. Als wär' der Teufel hinter ihr her. Heiraten konnte er sie deswegen nun wirklich nicht. Diese Leute lebten seit Generationen ohne Außenkontakt. Warum sollte das plötzlich anders sein. Immerhin hatte sie ihn nicht verleumdet. Was auch noch schöner gewesen wäre. Schließlich wollte sie Wölfe sehen.

Ekelhaft, diese Industrieansiedlungen. Röhren, Kessel, Fördertürme, Schornsteine, wo man auch hinsah. Wie die Leute hier das aushalten konnten. Vermutlich hatten sie auch ständig mit Atemwegserkrankungen zu kämpfen. Allergien, Pseudokrupp, Bronchialasthma. Die armen Kinder vor allem. Und dann war das Gezeter groß, wenn sie über die Stränge schlugen. Er hatte sich doch alle Mühe gegeben, Gerda ein guter und zuverlässiger Mann zu sein. Tatsache war, daß er sie unterstützte, wo er nur konnte, aber von ihm wurde genauso erwartet, daß er jeden Tag seine Leistung brachte. Seinethalben konnte sie auch auf halbe Stelle gehen. Finanziell wäre das kein Problem. Mit ein bißchen Einschränkung. Zusammen bekämen sie ihre derzeitigen Schwierigkeiten schon in den Griff. Nervenreizung infolge dauernder Überbelastung. Dr. Knaup könnte ihr ein Aufbaupräparat spritzen, daß sie wieder auf die Beine kam. Wahrscheinlich sah sie auch zuviel fern oder zumindest die falschen Sendungen. Ihn jedenfalls brachten insbesondere Kriminalfilme und Liebesdramen immer ganz aus der Fassung. Er würde in den nächsten Wochen den Hausputz übernehmen. Und den Abwasch. Und darauf drängen, daß sie wieder öfter spazieren gingen.

Wenn wenigstens der Regen endlich aufhören würde. Kein Wunder, daß einer da auf trübe Gedanken kam.

Silvie preßte sich die Hände vor den Mund, um nicht laut loszulachen.
- „So witzig finde ich das wirklich nicht."
- „Kennst du keine normalen Wörter, oder was?"
- „Meine Damen und Herren, in wenigen Minuten erreichen wir Düsseldorf Hauptbahnhof."
Der Kleinen gingen die Pferde wohl ziemlich durch. Luder. So gesehen war es vielleicht doch besser, wenn er sich umsetzte.
- „Spielt doch Stadt-Land-Fluß."
- „Wollen Sie mitspielen?"
- „Um Himmels Willen. Nein. Danke. - Ich muß jetzt sowieso gleich aussteigen."

Vita

Christoph Peters *1966

Geboren in Kalkar/Niederrhein.
1986-88 Studium der Malerei an der Kunstakademie
Karlsruhe bei H.E. Kalinowski, G. Neusel und Meuser.
1993 Meisterschüler.
1996 Schöppingen-Stipendium des Künstlerhauses
Edenkoben/Rheinland-Pfalz.

Die Granitbuch-Reihe

Mit der Reihe Granitbücher präsentiert der Δ - Verlag eine exklusive Reihe neuer Literatur in einem Umfang zwischen 68 und 96 Seiten, broschiert im Format 12 x 19 cm zum Preis von 16.80DM. Die Verkaufsauflage beträgt lediglich 100 Stück von denen 50 Exemplare Abonnenten vorbehalten sind.

Bisher sind erschienen:
Odem, Replica von A. J. Weigoni
Ohlem von Marcus Braun
Sanzibarlyren von Frank Willmann
Der Blaue Zigarettenautomat von Frank Kirk Ehm-Marks
Heinrich Grewents Arbeit und Liebe von Christoph Peters